Verlag der Vampire

Darren Shan

… und die dunkle Stadt

Aus dem Englischen von
Gerald Jung und Katharina Orgaß

Verlag der Vampire

Die englische Originalausgabe erschien unter dem Titel
TUNNELS OF BLOOD
bei HarperCollins, London.

Besuchen Sie uns im Internet:
www.schneekluth.de

Umschlaggestaltung: Agentur ZERO, München
Umschlagabbildung: Johannes Reiner, München
Satz: Ventura Publisher im Verlag
Druck und Bindung: Clausen & Bosse, Leck
Printed in Germany 2001
ISBN 3-7951-1761-5

2 4 5 3

Für:
Declan – den ursprünglichen »Mr. Happy«

OBEs (Orden der Blutigen Eingeweide)
werden verliehen an:
Jo »Jaguar« Williamson
Zoë »Zombie« Clarke

Die üblichen Monster:
Liam »Frankenstein« und Biddy »Die Braut«
Gillie Russell

Die gefräßigen Kannibalen von HarperCollins

und
Emma & Chris – die Ghostbusters

EINLEITUNG

Der Blutgeruch ist Ekel erregend. Hunderte von Kadavern hängen kalt und steif an silbrigen Haken, das gefrorene Blut schimmert eisig. Ich weiß, dass es bloß Tiere sind, Kühe, Schweine und Schafe, aber ich werde die Vorstellung nicht los, es seien Menschen.

Ganz vorsichtig mache ich einen Schritt nach vorne. Die grellen Deckenlampen erleuchten alles taghell. Ich darf nicht allzu laut auftreten, mich nur langsam bewegen, muss die toten Tiere als Deckung benutzen. Der Fußboden ist glitschig von Wasser und Blut, was das Vorankommen nicht gerade erleichtert.

Da – vor mir! Jetzt sehe ich ihn wieder ... den Vampir ... Mr. Crepsley. Er bewegt sich ebenso geräuschlos wie ich und hat den Blick fest auf den dicken Mann etwas weiter hinten gerichtet.

Der dicke Mann. Seinetwegen bin ich heute hier in diesem eiskalten Schlachthaus. Er ist der Mensch, den Mr. Crepsley töten will. Er ist der Mensch, den ich retten muss.

Der dicke Mann bleibt stehen und sieht sich eines der riesigen, von der Decke hängenden Fleischstücke näher an. Seine Wangen sind feist und rot. Jetzt tätschelt er das tote Tier liebevoll mit seinen durchsichtigen Plastikhandschuhen. Das Quietschen des Hakens, an dem der Kadaver schaukelt, lässt mir die Haare zu

Berge stehen. Der Mann geht weiter. Mr. Crepsley folgt ihm. Und ich folge Mr. Crepsley.
Evra ist irgendwo weiter hinten. Ich habe ihn draußen gelassen. Hat ja keinen Sinn, dass wir beide unser Leben aufs Spiel setzen.
Ich bewege mich jetzt schneller und pirsche mich weiter vor. Keiner von den beiden weiß, dass ich hier bin. Wenn alles nach Plan verläuft, werden sie es auch nie erfahren, jedenfalls nicht, bevor Mr. Crepsley zuschlägt – erst dann, wenn ich gezwungen bin zu handeln.
Der dicke Mann bleibt wieder stehen. Bückt sich, um etwas zu überprüfen. Ich mache rasch einen Schritt zurück, aus Angst, dass er mich zu früh entdeckt, aber dann sehe ich, wie Mr. Crepsley zu ihm aufschließt. Verdammt! Ich habe keine Zeit mehr, mich zu verstecken. Wenn er sich diesen Augenblick für seinen Angriff ausgesucht hat, muss ich näher an ihn heran.
Ich renne ein paar Meter, muss riskieren, dass sie mich hören. Zum Glück konzentriert sich Mr. Crepsley vollständig auf den dicken Mann.
Jetzt bin ich nur noch drei oder vier Meter hinter dem Vampir. Ich hebe das lange Metzgermesser, das ich bisher mit der Spitze nach unten in der rechten Hand getragen habe. Mein Blick ist fest auf Mr. Crepsley geheftet. Ich will erst zuschlagen, wenn er es tut, ihm jede erdenkliche Chance lassen, um zu beweisen, dass mein schrecklicher Verdacht auf einem Irrtum beruht, aber wenn ich sehe, dass er zum Sprung ansetzt, muss ich ihn unweigerlich ebenfalls anspringen …
Meine Hand schließt sich fester um das Messer. Ich habe den Hieb schon den ganzen Tag lang geübt, ich

kenne die Stelle, an der ich ihn treffen will, ganz genau. Ein rascher Schnitt quer über Mr. Crepsleys Hals, und die Sache hat sich. Dann ist es aus mit dem Vampir. Ein letzter Leichnam, der sich zu den anderen Toten gesellt.

Die Sekunden dehnen sich unerträglich. Ich wage kaum, genauer hinzuschauen, um zu sehen, was den dicken Mann so fasziniert. Will er sich denn nie mehr aufrichten?

Und dann ist es so weit. Der dicke Mann kommt mühsam hoch. Mr. Crepsley stößt ein leises Fauchen aus. Macht sich zum Sprung bereit. Ich strecke die Hand mit dem Messer weiter vor und versuche, meine Nerven zu beruhigen. Jetzt hat sich der dicke Mann wieder vollends aufgerichtet. Er hört etwas. Schaut zur Decke hinauf – falsche Richtung, du Blödmann! –, und Mr. Crepsley macht einen Riesensatz. Ich springe im gleichen Augenblick los wie der Vampir, stoße ein lautes Kreischen aus und lasse die Klinge mit dem festen Vorsatz niedersausen, ihn zu töten …

KAPITEL 1

Ein Monat vorher …

Ich heiße Darren Shan. Ich bin ein Halbvampir.
Früher war ich mal ein Mensch, das heißt, bevor ich einem Vampir seine Spinne geklaut habe. Danach hat sich mein Leben ein für alle Mal verändert. Mr. Crepsley – der Vampir – hat mich gezwungen, sein Gehilfe zu werden, und so habe ich mich einem Zirkus mit ziemlich ungewöhnlichen und schrillen Artisten angeschlossen: dem Cirque du Freak.
Es fiel mir nicht leicht, mich an mein neues Leben zu gewöhnen. Noch schwerer war es für mich, Blut zu trinken, und eine ganze Zeit lang habe ich mich sogar geweigert, es zu tun. Schließlich habe ich es doch getan, um die Erinnerungen eines sterbenden Freundes zu bewahren (Vampire können nämlich die Erinnerungen eines Menschen in sich aufnehmen, wenn sie sein ganzes Blut trinken). Es hat mir keinen Spaß gemacht, im Gegenteil, in den darauf folgenden fürchterlichen Wochen wurde ich regelmäßig von Alpträumen geplagt. Doch nach dieser ersten blutroten Kostprobe gab es kein Zurück mehr. Ich akzeptierte meine Rolle als Vampirgehilfe und lernte, das Beste daraus zu machen.
Im Verlauf des folgenden Jahres lehrte mich Mr.

Crepsley, wie man jagt und trinkt, ohne dabei erwischt zu werden; er zeigte mir, wie man einem Menschen gerade genug Blut abzapft, um zu überleben, und wie man seine Identität als Vampir vor anderen verheimlicht. Nach und nach legte ich meine angeborenen menschlichen Hemmungen ab und wurde zu einem echten Geschöpf der Nacht.

Eine Gruppe Mädchen musterte Cormac den Vielgliedrigen mit ernsten Gesichtern. Er dehnte seine Arme und Beine, rollte den Kopf bis in den Nacken und lockerte seine Muskeln. Dann zwinkerte er den Mädchen zu, steckte die drei mittleren Finger seiner rechten Hand zwischen die Zähne und biss sie ab.

Die Zuschauerinnen rannten kreischend davon. Cormac kicherte vor sich hin und wackelte spielerisch mit den neuen Fingern, die wenige Sekunden später nachgewachsen waren.

Ich musste lachen. Wenn man im Cirque du Freak arbeitet, gewöhnt man sich rasch an derlei Vorkommnisse. Dem fahrenden Schaustellerbetrieb gehörten jede Menge ungewöhnliche Leute an, allesamt Launen der Natur mit erstaunlichen und manchmal erschreckenden Fähigkeiten.

Zu diesen nicht alltäglichen Künstlern zählten neben Cormac dem Vielgliedrigen noch Willi Wunderwanst, der einen ausgewachsenen Elefanten oder auch einen ganzen Panzer verspeisen konnte, Bertha Beißer, die mit bloßen Zähnen Stahlstangen zerbiss, der Wolfsmann, der halb Mensch, halb Wolf war und meinen Freund Sam Grest getötet hatte, Truska, eine wunderschöne, geheimnisvolle Frau, die sich ganz nach Belieben einen Bart wachsen lassen konnte, und natürlich Meister Riesig, der sich schnell wie der Blitz bewegen und allem Anschein nach Gedanken lesen konnte. Meister Riesig war zudem Eigentümer und Direktor des Cirque du Freak.

Wir gastierten gerade in einer Kleinstadt und hatten unser Lager etwas außerhalb hinter einer alten Mühle aufgeschlagen, in der auch jeden Abend die Vorstellung stattfand. Das Gelände war ziemlich verwildert, aber inzwischen war ich an derlei Orte gewöhnt. Wir hätten in den größten Theatern der Welt auftreten und in den nobelsten Hotelzimmern übernachten können – der Cirque nahm haufenweise Geld ein –, aber es war sicherer, wenn wir uns im Hintergrund hielten und an Orten kampierten, die Polizei und Behörden nicht so sehr im Auge hatten.

Seit ich mein Elternhaus vor fast anderthalb Jahren verlassen hatte und mit Mr. Crepsley losgezogen war, hatte ich mich kaum verändert. Als Halbvampir alterte ich fünfmal langsamer als normale Menschen, was bedeutete, dass mein Körper, obwohl inzwischen 18 Monate vergangen waren, nur drei oder vier Monate älter geworden war.

Obwohl ich noch so aussah wie immer, war ich innerlich ein völlig neues Wesen geworden. Ich war stärker als jeder andere Junge in meinem Alter, konnte schneller laufen, weiter springen und meine superharten Fingernägel problemlos in Steinmauern bohren. Auch mein Hör-, Geruchs- und Sehvermögen hatten sich enorm verbessert.

Da ich noch kein vollwertiger Vampir war, gab es vieles, was ich noch nicht beherrschte. So konnte

Mr. Crepsley unglaublich schnell rennen, eine Fortbewegungsart, die er »Huschen« nannte. Er konnte Menschen mit einem Gas anhauchen und sie damit bewusstlos machen. Und er konnte mit anderen Vampiren sowie einigen anderen Leuten wie beispielsweise Meister Riesig Gedanken austauschen.

Das alles würde ich erst dann lernen, wenn ich selbst ein echter Vampir geworden war. Allerdings machte ich mir darüber keine Sorgen, denn auch das Dasein als Halbvampir hatte seine Vorteile: Ich musste kein Menschenblut trinken und – was noch viel besser war – ich konnte mich auch tagsüber ungehindert bewegen.

Es war Tag, als ich mit Evra, dem Schlangenjungen, unterwegs war und eine Müllhalde nach Essbarem für die Kleinen Leute absuchte. Die Kleinen Leute waren geradezu winzige Gesellen, die blaue Kapuzenumhänge trugen und niemals etwas sagten. Niemand, Meister Riesig vielleicht ausgenommen, wusste, wer oder was sie waren, woher sie kamen und warum sie mit dem Cirque umherreisten. Ihr Herr und Meister war ein sehr beunruhigender Mann mit Namen Meister Schick (er fraß gerne kleine *Kinder*!), den wir im Cirque jedoch nicht oft zu sehen bekamen.

»Ich hab einen toten Hund gefunden!«, rief Evra freudig und hielt den Kadaver hoch. »Stinkt schon ein bisschen. Glaubst du, das macht denen was aus?«

Ich reckte schnüffelnd die Nase in die Luft. Evra war ein ganzes Stück weit weg, aber ich konnte den Hund von meinem Standort aus genauso gut riechen wie ein Mensch, der direkt daneben stand. »Der geht noch«, meinte ich. Die Kleinen Leute verputzten so ziemlich alles, was wir ihnen mitbrachten.

In meinem Sack hatte ich bereits einen Fuchs und ein paar Ratten. Ratten töte ich nicht so gern, denn sie sind gut Freund mit Vampiren und kommen wie zahme Haustiere zu uns, wenn wir sie rufen, aber die Arbeit geht schließlich vor. Wir alle müssen manchmal Dinge tun, die uns nicht passen.

Zurzeit hielten sich im Cirque ziemlich viele Kleine Leute auf, insgesamt zwanzig. Einer von ihnen ging mit Evra und mir auf die Jagd. Er war schon fast so lange beim Cirque wie Mr. Crepsley und ich. Weil er auf dem linken Bein ein bisschen humpelte, konnte ich ihn von den anderen unterscheiden. Evra und ich nannten ihn schon seit einiger Zeit Lefty.

»He, Lefty!«, rief ich. »Alles klar?« Die kleine Gestalt in der blauen Kapuzenkutte antwortete nicht. Lefty antwortete nie, aber er schlug sich auf den Bauch, was so viel hieß wie: Wir brauchen noch mehr Essen.

»Lefty meint, wir sollen weiter suchen«, sagte ich zu Evra.

»Hab ich mir schon gedacht«, seufzte er.

Auf der Suche nach der nächsten Ratte fiel mein Blick auf ein kleines silbernes Kreuz, das zwischen dem übrigen Unrat lag. Ich hob es auf und wischte den Dreck ab. Als ich es näher betrachtete, musste ich grinsen, da mir einfiel, dass ich früher geglaubt hatte, Vampire hätten eine Heidenangst vor Kreuzen! Das meiste Zeug aus den alten Filmen und Büchern ist totaler Quatsch. Vampire lassen sich weder von Kreuzen noch von Weihwasser oder Knoblauch beeindrucken. Wir können fließendes Wasser überqueren, wir werfen Schatten und haben sogar ein Spiegelbild. Allerdings kann man uns nicht fotografieren, was irgendwie mit den

Atomen zusammenhängt. Wir können weder unsere Gestalt verändern, noch können wir fliegen.
Ein Pfahl durch das Herz tötet jeden Vampir. Genauso wie eine gut gezielte Kugel, Feuer oder ein schwerer herabfallender Gegenstand. Wir sind nicht so leicht umzubringen wie Menschen, aber wir sind nicht unsterblich. Weit gefehlt.
Ich legte das Kreuz auf den Boden und trat einen Schritt zurück. Dann konzentrierte ich mich und versuchte, es kraft meines Willens in meine rechte Hand springen zu lassen. Eine volle Minute starrte ich es intensiv an – dann schnippte ich mit den Fingern der rechten Hand.
Nichts passierte.
Ich versuchte es noch einmal, schaffte es aber auch diesmal nicht. Schon seit Monaten versuchte ich mich erfolglos an diesem Trick. Bei Mr. Crepsley sah es immer so einfach aus: Mit einem kleinen Schnippen wechselte der Gegenstand in die Hand des Vampirs, auch wenn er mehrere Meter entfernt war, aber bislang war es mir noch nicht gelungen, es ihm nachzumachen.
Mit Mr. Crepsley kam ich eigentlich ganz gut aus. Im Grunde war er ein ganz anständiger Kerl. Wir waren zwar keine Freunde, aber ich hatte ihn als Lehrmeister akzeptiert und hasste ihn nicht mehr so wie damals, nachdem er mich zum Halbvampir gemacht hatte.
Ich steckte das Kreuz in die Tasche und machte mich wieder auf die Suche. Kurz darauf entdeckte ich eine halb verhungerte Katze in den Überresten eines Mikrowellenherdes. Sie war ebenfalls auf Rattenjagd.
Die Katze fauchte mich an und sträubte die Nacken-

haare. Ich tat so, als drehte ich ihr den Rücken zu, doch dann wirbelte ich herum, packte sie am Genick und drehte ihr den Hals um. Sie stieß einen komischen kleinen Schrei aus und erschlaffte in meinen Händen. Ich stopfte sie in den Sack und schlenderte zu Evra hinüber, um nachzusehen, was er so trieb.

Tiere zu töten bereitete mir keinen Spaß, aber das Jagen gehörte nun mal zu meiner Natur. Außerdem empfand ich keine besondere Sympathie für Katzen. Ihr Blut ist giftig für Vampire. Es brachte einen zwar nicht gleich um, aber wenn ich davon trinken würde, würde mir übel werden. Außerdem sind Katzen auch Jäger. Ich sah die Sache so: Je weniger Katzen es gab, umso mehr Ratten gab es.

Am Abend, als wir wieder im Lager waren, versuchte ich noch einmal, das Kreuz mit Gedankenkraft in Bewegung zu versetzen. Für diesen Tag hatte ich alle meine Pflichten erledigt, und da es bis zur Vorstellung nur noch ein paar Stunden dauerte, konnte ich mir die Zeit nach Belieben vertreiben.

Es war ein kalter Abend Ende November. Bislang hatte es noch nicht geschneit, aber es sah ganz danach aus. Ich hatte mein farbenprächtiges Piratenkostüm an: das hellgrüne Hemd und die dunkelrote Hose, darüber eine blaugoldene Jacke und eine rote Seidenschärpe um den Bauch, einen braunen Hut mit einer Feder und dazu weiche Schuhe, deren Spitzen nach oben gebogen waren.

Ich entfernte mich ein Stück von den Wagen und Zelten, bis ich hinter der alten Mühle ein abgeschiedenes Fleckchen fand. Dort steckte ich das Kreuz direkt vor mir in ein morsches Stück Holz, holte tief Luft,

konzentrierte mich und wünschte mir das Kreuz in meine ausgestreckte Handfläche.
Unmöglich.
Ich rückte näher heran, bis meine Hand nur noch wenige Zentimeter entfernt war.
»Rühr dich«, sagte ich und schnippte mit den Fingern. »Ich befehle dir, dich zu rühren!« Schnipp. »Beweg dich!« Schnipp. »Rühr dich endlich von der Stelle!«
Die letzten Worte stieß ich lauter aus als beabsichtigt und stampfte wütend mit dem Fuß auf.
»Was treibst du denn da?«, fragte eine wohl bekannte Stimme hinter mir.
Als ich den Kopf hob, sah ich Mr. Crepsley aus der Dunkelheit treten.
»Nichts«, erwiderte ich und versuchte, das Kreuz unauffällig verschwinden zu lassen.
»Was ist das?«, wollte er wissen. Seinen Augen entging nichts.
»Nur ein Kreuz. Hab ich bei der Jagd gefunden«, sagte ich und hielt es ihm hin.
»Was hattest du damit vor?«, bohrte Mr. Crepsley misstrauisch weiter.
»Ich wollte, dass es sich bewegt«, antwortete ich und fand, dass es an der Zeit war, den Vampir endlich nach seinen magischen Fähigkeiten zu befragen. »Wie machen Sie das bloß?«
Ein Lächeln flog über sein Gesicht und zerknitterte die lange Narbe, die sich über die gesamte linke Gesichtshälfte zog. »Das also hat dich beschäftigt«, lachte er vor sich hin. Er streckte eine Hand aus und schnippte mit den Fingern. Ich blinzelte. Im nächsten Augenblick lag das Kreuz in *seiner* Hand.

»Wie funktioniert das?«, fragte ich. »Können das nur richtige Vampire?«
»Ich zeige es dir noch einmal. Pass diesmal genau auf.«
Er legte das Kreuz wieder auf das Stück Holz, wich ein Stück zurück und schnippte mit den Fingern. Erneut verschwand das Kreuz und tauchte gleich darauf in seiner Hand auf. »Hast du's gesehen?«
»Was denn?« Ich war verwirrt.
»Einmal noch«, sagte er. »Versuche mal, nicht zu blinzeln.«
Ich konzentrierte mich auf den kleinen silbernen Gegenstand. Ich hörte den Vampir schnipsen, riss die Augen weit auf ... und glaubte, einen verschwommenen Schatten zwischen mir und dem Kreuz hin- und herhuschen zu sehen.
Als ich mich zu Mr. Crepsley umdrehte, warf er das Kreuz spielerisch von einer Hand in die andere und grinste mich an. »Na, bist du mir jetzt auf die Schliche gekommen?«, fragte er.
Ich zog die Stirn kraus. »Ich glaube, ich habe ... Es sah aus wie ...« Mein Gesicht hellte sich auf. »Sie haben das Kreuz überhaupt nicht in Bewegung versetzt!«, rief ich aufgeregt. »*Sie* haben sich bewegt!«
Sein Blick ruhte mit einem gewissen Stolz auf mir. »Du bist gar nicht so dumm, wie du aussiehst«, lautete sein gewohnt ironisches Kompliment.
»Machen Sie das noch einmal«, bat ich. Diesmal schaute ich nicht auf das Kreuz. Ich beobachtete den Vampir. Zwar konnte ich seine Bewegungen nicht verfolgen – dazu war er zu schnell –, aber ich sah so etwas wie kurze Momentaufnahmen von ihm, wie er nach vorne

schoss, sich das Kreuz schnappte und wieder einen Satz nach hinten machte.
»Dann können Sie also gar keine Gegenstände per Gedankenkraft bewegen?«, schloss ich messerscharf.
»Natürlich nicht«, lachte er.
»Warum schnippen Sie dann mit den Fingern?«
»Um das Auge abzulenken«, erklärte er.
»Also ist es eigentlich nur ein Trick«, stellte ich fest. »Es hat überhaupt nichts damit zu tun, ob man ein Vampir ist.«
Er zuckte die Achseln. »Als Mensch könnte ich mich nicht so schnell bewegen. Aber du hast Recht: Letztendlich ist es nur ein Trick. Bevor ich Vampir wurde, habe ich mich ein wenig mit Zauberkunststücken befasst und wollte auch hinterher nicht ganz aus der Übung kommen.«
»Könnte ich das auch lernen?«, erkundigte ich mich.
»Schon möglich«, sagte er. »Auch wenn du dich nicht so schnell bewegen kannst wie ich, könntest du es schaffen. Vorausgesetzt, der betreffende Gegenstand ist nicht zu weit entfernt. Natürlich müsstest du intensiv üben, aber wenn du willst, bringe ich es dir bei.«
»Ich wollte schon immer Zauberkünstler werden«, gestand ich. »Aber ... warten Sie ...« Mir fiel ein, dass Mr. Crepsley bei mehreren Gelegenheiten Schlösser mit einem einfachen Fingerschnippen geöffnet hatte. »Was ist mit den Schlössern?«
»Das ist etwas anderes. Weißt du, was statische Energie ist?« Ich sah ihn fragend an. »Bist du dir schon mal mit einem Kamm durch die Haare gefahren und hast ihn dann über ein dünnes Blatt Papier gehalten?«
»Ja!«, rief ich. »Das Papier klebt daran fest.«

»Das ist statische Energie«, erklärte er. »Wenn ein Vampir huscht, baut sich ein sehr starkes statisches Energiefeld auf. Ich habe gelernt, mir diese elektrische Ladung zu Nutze zu machen. Auf diese Weise bin ich in der Lage, jedes beliebige Schloss zu öffnen.«

Ich dachte darüber nach. »Und das Fingerschnippen?«

»Alte Angewohnheiten wird man nur schwer los«, grinste er.

»Und alte Vampire sind leicht umzubringen!«, knurrte eine Stimme hinter uns. Noch bevor ich begriffen hatte, was eigentlich geschah, hielt uns jemand von hinten umklammert und drückte Mr. Crepsley und mir je eine rasiermesserscharfe Klinge an die empfindlichen Kehlen!

KAPITEL 2

Die Berührung der Klinge und die drohende Stimme ließen mich erstarren, doch Mr. Crepsley machte sich nichts weiter daraus. Er schob das Messer seelenruhig zur Seite und warf mir lässig das silberne Kreuz zu.

»Gavner, Gavner, Gavner«, seufzte er. »Ich hab dich wie immer schon von einem halben Kilometer Entfernung gehört.«

»Stimmt gar nicht!«, widersprach die Stimme trotzig. Jetzt wurde auch die Klinge von meinem Hals genommen. »Du kannst mich unmöglich gehört haben!«

»Warum nicht?«, fragte Mr. Crepsley. »Niemand auf der ganzen Welt schnauft so schwer wie du. Ich würde dich mit verbundenen Augen aus einer Menge von tausend Menschen heraushören.«

»Die Nacht wird kommen, Larten«, brummelte der Fremde, »die Nacht wird kommen, in der ich dich erwische, und dann werden wir ja sehen, ob du immer noch so oberschlau daherredest.«

»In dieser Nacht werde ich mich dankend zur Ruhe setzen«, erwiderte Mr. Crepsley schmunzelnd.

Der Vampir sah mich mit leicht hochgezogenen Augenbrauen an und amüsierte sich offenbar köstlich darüber, dass ich immer noch starr vor Schreck war,

auch wenn ich inzwischen begriffen hatte, dass unserem Leben keinerlei Gefahr drohte.
»Schäm dich, Gavner Purl«, schalt Mr. Crepsley. »Du hast meinem Jungen einen ganz schönen Schrecken eingejagt.«
»Sieht so aus, als wäre ich zu sonst nichts nutze«, grunzte der Fremde. »Aber Kinder und nette alte Damen erschrecken, das kann ich.«
Ich drehte mich um und sah mich dem Mann namens Gavner Purl gegenüber. Er war nicht sehr groß, hatte aber die kräftige, breitschultrige Figur eines Ringers. Sein Gesicht war voller Narben und dunkler Flecken, die Ringe um seine Augen ungewöhnlich schwarz. Sein braunes Haar war kurz geschnitten, und er trug eine gewöhnliche Jeans und einen weiten, ausgeleierten Pullover. Hinter seinem breiten Grinsen schimmerten gelbe Zähne hervor.
Erst als ich den Blick auf seine Fingerspitzen senkte und die zehn punktförmigen Narben sah, wurde mir klar, dass ich einen Vampir vor mir hatte. Auf diese Art entstehen nämlich die meisten von uns: Durch die weichen Fingerkuppen wird Vampirblut von einem durch den anderen Körper gepumpt.
»Darren, das ist Gavner Purl«, stellte uns Mr. Crepsley vor. »Ein guter alter und leider ziemlich ungeschickter Freund. Gavner, das ist Darren Shan.«
»Freut mich, dich kennen zu lernen«, sagte der Vampir und schüttelte mir die Hand. »Aber *du* hast mich doch nicht kommen hören. Oder?«
»Nein«, antwortete ich wahrheitsgemäß.
»Na also!«, dröhnte er stolz. »Siehst du?«
»Herzlichen Glückwunsch«, stellte Mr. Crepsley

trocken fest. »Falls du dich jemals in einen Kindergarten schleichen musst, dürfte dir das keine Schwierigkeiten bereiten.«

Gavner verzog das Gesicht zu einer Grimasse. »Wie ich sehe, bist du im Lauf der Zeit nicht netter geworden«, bemerkte er. »Bissig wie immer. Wie lange ist es jetzt her? Vierzehn Jahre? Fünfzehn?«

»Kommenden Februar werden es siebzehn«, erwiderte Mr. Crepsley prompt.

»Siebzehn Jahre!« Gavner stieß einen Pfiff aus. »Hätte ich nicht gedacht. Siebzehn Jahre, und so griesgrämig wie eh und je.« Er stieß mich in die Rippen. »Grummelt er beim Aufwachen immer noch wie ein alter Griesgram?«, fragte er.

»Ja«, kicherte ich.

»Vor Mitternacht habe ich noch kein freundliches Wort von ihm zu hören bekommen. Einmal musste ich vier lange Monate den Sarg mit ihm teilen.« Er schüttelte sich bei der Erinnerung daran. »Das waren die längsten vier Monate meines Lebens.«

»Sie haben sich einen Sarg *geteilt*?«, fragte ich ungläubig.

»Ging nicht anders«, nickte Gavner. »Sie waren hinter uns her. Wir mussten zusammenbleiben. Trotzdem würde ich es heute eiskalt ablehnen. Lieber würde ich mich der Sonne aussetzen und verbrennen.«

»Du bist nicht der Einzige, der Grund hat, sich zu beschweren«, grunzte Mr. Crepsley. »Dein Schnarchen hätte mich fast selbst dazu gebracht, freiwillig ins Sonnenlicht zu hüpfen.« Seine Lippen zuckten, und ich sah deutlich, dass er nur mit Mühe ernst bleiben konnte.

»Warum waren sie hinter Ihnen her?«, fragte ich neugierig.
»Spielt keine Rolle«, blaffte Mr. Crepsley, bevor Gavner antworten konnte, und funkelte seinen ehemaligen Gefährten streng an.
Der verzog das Gesicht. »Das ist doch schon fast sechzig Jahre her, Larten«, beschwichtigte er. »Ich wusste gar nicht, dass es streng geheim ist.«
»Der Junge interessiert sich nicht für die Vergangenheit«, befand mein Lehrmeister, obwohl natürlich das Gegenteil der Fall war. »Du befindest dich hier in *meinem* Revier, Gavner Purl. Ich möchte dich ersuchen, meine Wünsche zu respektieren.«
»Langweilige alte Fledermaus«, brummte Gavner, gab jedoch mit einem Nicken klein bei. »Also, Darren«, wechselte er das Thema, »was treibst du denn so beim Cirque du Freak?«
»Alles Mögliche«, erwiderte ich. »Ich suche den Kleinen Leuten was zum Essen und helfe den Künstlern, sich auf ihren Auftritt ...«
»Sind die Kleinen Leute immer noch beim Cirque?«, unterbrach mich der Fremde.
»Mehr als je zuvor«, antwortete Mr. Crepsley. »Momentan haben wir zwanzig davon im Lager.«
Die Vampire wechselten einen viel sagenden Blick, äußerten sich aber nicht weiter zu diesem Thema. So wie Gavner das Gesicht verzog und dabei seine Narben zerknautschte, war nicht schwer zu erraten, dass ihm diese Nachricht Sorgen bereitete.
»Wie läuft's denn so bei den Oberen?«, erkundigte sich Mr. Crepsley.
»Alles wie gehabt«, sagte sein Freund.

»Gavner ist nämlich ein Obervampir«, klärte mich Mr. Crepsley auf. *Das* interessierte mich natürlich brennend, denn ich hatte schon ab und zu von den Obervampiren gehört, aber bis jetzt hatte mir noch niemand richtig erklärt, wer oder was sie eigentlich waren.

»Entschuldigung«, sagte ich, »was ist denn ein Obervampir? Was tun die eigentlich?«

»Wir behalten Spitzbuben wie den hier im Auge«, sagte Gavner lachend und nickte Mr. Crepsley zu. »Wir passen auf, dass sie keinen Mist bauen.«

»Die Obervampire wachen über das allgemeine Verhalten des Vampirclans«, ergänzte Mr. Crepsley. »Sie passen auf, dass keiner von uns Unschuldige tötet oder seine Macht missbraucht, um Böses zu tun.«

»Wie machen sie das?«, wollte ich wissen.

»Wenn sie einem Vampir auf die Schliche kommen, der böse geworden ist«, antwortete Mr. Crepsley, »dann töten sie ihn.«

»Ach«, entfuhr es mir.

Ich starrte Gavner Purl an. Er sah nicht wie ein Mörder aus, aber andererseits waren da die vielen Narben.

»Meistens ist es stinklangweilig«, winkte Gavner ab. »Ich bin eher eine Art Dorfpolizist. Und die Bezeichnung ›Obervampir‹ hat mir noch nie gefallen. Viel zu bombastisch, finde ich.«

»Die Obervampire haben es nicht nur auf bösartige Vampire abgesehen«, fuhr Mr. Crepsley fort. »Es obliegt ihnen ebenso, gegen dumme oder schwache Zeitgenossen scharf durchzugreifen.« Er seufzte. »Ich habe diesen Besuch bereits erwartet. Wollen wir uns in meinen Wagen zurückziehen, Gavner, um uns in aller Ruhe über die Angelegenheit zu unterhalten?«

»Du hast mich *erwartet*?« Der Freund machte ein verdutztes Gesicht.

»Es war klar, dass es früher oder später durchsickert«, sagte Mr. Crepsley. »Ich habe ja nicht mal versucht, den Jungen zu verstecken oder die Wahrheit zu vertuschen. Nimm das bitte zur Kenntnis: Das werde ich auch bei meinem Prozess ins Feld führen, wenn ich aufgefordert werde, mich zu verteidigen.«

»Prozess? Wahrheit? Den Jungen?« Gavner war völlig verwirrt. Erst jetzt fiel sein Blick auf meine Fingerkuppen. Ihm fiel die Kinnlade herunter. »Der Junge ist ein *Vampir*?«, kreischte er.

»Klar.« Mr. Crepsley runzelte die Stirn. »Aber das musst du doch gewusst haben.«

»Nichts wusste ich! Überhaupt nichts!«, protestierte Gavner. Er sah mir aufmerksam in die Augen. »Das Blut in ihm ist schwach«, überlegte er laut. »Er ist nur ein Halbvampir.«

»Natürlich«, bestätigte mein Lehrer. »Es ist nicht üblich, dass wir unsere Gehilfen in vollwertige Vampire verwandeln.«

»Es ist auch nicht üblich, sich Kinder als Gehilfen zu nehmen!«, fuhr ihn Gavner Purl an. Er hörte sich jetzt eindeutig herrischer an als vorher. »Was hast du dir nur dabei gedacht?«, schimpfte er lautstark. »Einen *Jungen*! Wann ist das geschehen? Warum hast du niemanden darüber informiert?«

»Es sind jetzt fast anderthalb Jahre vergangen, seit ich Darren angezapft habe«, gab Mr. Crepsley zurück. »Warum ich es getan habe ... das ist eine lange Geschichte. Was die dritte Frage angeht: Du bist der Erste unserer Art, dem wir seither begegnet sind. Ich hätte den Jungen zum nächsten Konzil mitgenommen, wenn ich nicht vorher einem der Oberen über den Weg gelaufen wäre. Das dürfte jetzt wohl nicht mehr nötig sein.«

»Und *wie* nötig das ist!«, schnaubte Gavner wütend.

»Warum?«, fragte Mr. Crepsley. »Du kannst über meine Handlungen befinden und dein Urteil darüber fällen.«

»*Ich?* Ich soll über *dich* richten?« Gavner lachte. »Nein, vielen Dank. Das überlasse ich lieber dem Konzil. Das fehlte mir gerade noch, dass ich mich in so eine Geschichte hineinziehen lasse.«

»Entschuldigung«, mischte ich mich wieder ein, »aber worum geht es hier eigentlich? Was reden Sie da von Richten? Und wer oder was ist dieses Konzil?«

»Das erkläre ich dir später«, sagte Mr. Crepsley und wischte meine Frage mit einer unwirschen Handbewegung beiseite. Er betrachtete den Obervampir amüsiert. »Wenn du nicht wegen des Jungen gekommen bist – weshalb dann? Ich dachte, ich hätte beim letzten Mal deutlich genug ausgedrückt, dass ich mit den Oberen nichts mehr zu tun haben will.«

»Mehr als deutlich«, stimmte ihm Gavner zu. »Vielleicht bin ich ja nur gekommen, um ein bisschen über die guten alten Zeiten zu plaudern.«

Mr. Crepsley lächelte zynisch. »Nachdem du mich siebzehn Jahre lang meinem Schicksal überlassen hast? Das kannst du mir nicht weismachen, Gavner.«

Der Obervampir hüstelte verlegen. »Es braut sich was zusammen. Hat aber nichts mit den Oberen zu tun«, beeilte er sich hinzuzufügen. »Ist auch nichts Persönliches. Ich bin gekommen, weil es etwas gibt, das du, wie ich fürchte, wissen solltest.« Er machte eine kleine Pause.

»Red weiter«, drängte Mr. Crepsley.

Gavner schaute mich an und räusperte sich. »Ich habe nichts dagegen, vor Darren zu reden«, sagte er, »aber als wir vorhin über unsere Vergangenheit plauderten, habe ich den Eindruck gewonnen, als wolltest du gewisse Themen ausklammern. Was ich dir jetzt zu sagen habe, ist womöglich nicht für seine Ohren bestimmt.«

»Darren«, reagierte mein Lehrer sofort, »Gavner und ich müssen unser Gespräch in meiner Unterkunft unter vier Augen fortsetzen. Geh doch bitte zu Meister Riesig und richte ihm aus, dass ich heute Abend nicht auftreten kann.«

Diese Anweisung stimmte mich nicht gerade froh, denn ich wollte unbedingt wissen, was Gavner zu sagen hatte. Schließlich war er der erste Vampir, dem ich, abgesehen von Mr. Crepsley, begegnet war, aber Mr. Crepsleys strenge Miene ließ keine Widerrede zu. Also drehte ich mich um und wollte los.

»Noch eines, Darren!«, rief er mich zurück. »Ich weiß, dass du von Natur aus neugierig bist, aber ich warne dich: Versuch gar nicht erst, uns zu belauschen. Ich würde es dir sehr übel nehmen.«

»Für wen halten Sie mich eigentlich?«, sagte ich aufbrausend. »Sie behandeln mich wie einen …«

»Darren!«, unterbrach er mich. »Nicht lauschen!«

Ich nickte niedergeschlagen. »Na gut.«

»Nimm's nicht so schwer«, meinte Gavner Purl, als ich

mit hängendem Kopf davonschlich. »Sobald Larten uns den Rücken gekehrt hat, erzähl ich dir alles.«
Als Mr. Crepsley mit funkelnden Augen herumfuhr, hob der Obervampir rasch die Hände und beteuerte lachend: »War doch nur Spaß!«

KAPITEL 3

Ich beschloss, die Nummer mit Madame Octa, Mr. Crepsleys Spinne, selbst vorzuführen. Ich konnte sehr gut mit dem Tier umgehen, und abgesehen davon machte es Spaß, für Mr. Crepsley einzuspringen. Ich hatte schon oft gemeinsam mit dem Vampir auf der Bühne gestanden, aber immer nur als sein Gehilfe.

Nach Hans Hände – dem Mann, der auf seinen Händen hundert Meter in weniger als acht Sekunden zurücklegen konnte – war ich dran und amüsierte mich prächtig. Das Publikum überschüttete mich mit Beifall, und im Anschluss an die Nummer verkaufte ich Unmengen von Zuckerspinnen an begeisterte Besucher.

Nach der Vorstellung trieb ich mich mit Evra herum. Ich erzählte ihm von Gavner Purl und fragte ihn, was er über die Obervampire wusste.

»Nicht viel«, sagte er. »Ich weiß zwar, dass es sie gibt, aber mir ist noch keiner von ihnen persönlich begegnet.«

»Was hat es mit dem Konzil auf sich?«, wollte ich wissen.

»Soviel ich weiß, ist das eine große Versammlung, die sie alle zehn oder fünfzehn Jahre einberufen«, antwortete er. »Ein Konferenz, bei der sie alle zusammenkommen und sich beratschlagen.«

Mehr konnte er mir auch nicht sagen.
Ein paar Stunden vor Tagesanbruch, als Evra sich gerade um seine Schlange kümmerte, kam Gavner Purl wieder aus Mr. Crepsleys Zirkuswagen heraus. Der Vampir schlief zwar vorzugsweise in Kellern, aber da es in der alten Mühle keine entsprechenden Räumlichkeiten gab, nahm er mit einem Wohnwagen vorlieb. Gavner kam auf mich zu und forderte mich auf, ihn auf einen kleinen Spaziergang zu begleiten.
Der Obervampir schritt bedächtig aus und rieb sich die Narben im Gesicht, ganz so, wie es Mr. Crepsley oft tat, wenn er nachdachte.
»Gefällt dir dein Leben als Halbvampir?«, fragte er.
»Nicht besonders«, antwortete ich wahrheitsgemäß. »Ich habe mich daran gewöhnt, aber als Mensch war ich glücklicher.«
Er nickte. »Du weißt, dass du nur ein Fünftel so schnell alterst wie ein Mensch? Hast du dich auf diese verlängerte Kindheit eingestellt? Macht es dir nichts aus?«
»Doch, schon«, sagte ich. »Ich hatte mich darauf gefreut, irgendwann erwachsen zu werden. Jetzt nervt es mich, dass es noch so lange dauert. Aber was soll ich dagegen tun? Ich muss mich wohl oder übel damit abfinden.«
»Ja«, seufzte er. »Das ist das Problem, wenn man jemanden anzapft – es gibt keine Möglichkeit, das Vampirblut zurückzunehmen. Deshalb zapfen wir normalerweise keine Kinder an: Wir nehmen nur Personen, die genau wissen, worauf sie sich einlassen, Personen, die sich bewusst dazu entschlossen haben, ihr Menschendasein hinter sich zu lassen.

Larten hätte dich nicht anzapfen dürfen. Das war ein Fehler.«

»Hat er deshalb von Verurteilung gesprochen?«, fragte ich.

Gavner nickte. »Er muss sich für seinen Irrtum verantworten«, sagte er. »Er muss die Oberen und die Fürsten davon überzeugen, dass seine Tat ihnen keinen Schaden zufügen wird. Wenn ihm das nicht gelingt ...« Gavner machte ein grimmiges Gesicht.

»Werden sie ihn töten?«, erkundigte ich mich leise.

Gavner lächelte. »Das wohl nicht. Larten ist überall hoch angesehen. Er kriegt ein paar auf die Finger, aber ich glaube nicht, dass jemand seinen Kopf fordern wird.«

»Warum haben Sie ihn nicht verurteilt?«, wollte ich wissen.

»Jeder Obere hat zwar das Recht, das Urteil über einfache Vampire zu fällen«, antwortete er. »Aber Larten ist ein guter alter Freund von mir. Als Richter ist man am besten unbefangen. Selbst wenn er sich wirklich eines Vergehens schuldig gemacht hätte, wäre es mir schwer gefallen, ihn zu bestrafen. Abgesehen davon ist Larten kein gewöhnlicher Vampir. Er war mal einer der Oberen.«

»Echt?« Ich starrte Gavner Purl entgeistert an.

»Noch dazu ein sehr einflussreicher«, fuhr mein Gegenüber fort. »Als er zurücktrat, stand er kurz davor, zum Vampirfürsten gewählt zu werden.«

»Zum Fürsten?«, wiederholte ich skeptisch. Ich konnte mir Mr. Crepsley nur schwer mit Krone und Hermelinumhang vorstellen.

»So nennen wir unsere Herrscher«, erklärte Gavner.

»Es gibt nur wenige von ihnen. Einzig die erhabensten und geachtetsten Vampire werden in diesen Kreis gewählt.«
»Und Mr. Crepsley wäre fast einer geworden?«, staunte ich. Gavner nickte. »Was ist passiert?«, wollte ich natürlich wissen. »Wie kam es dazu, dass er jetzt mit dem Cirque du Freak durch die Lande zieht?«
»Er hat darauf verzichtet«, antwortete der Obervampir. »Er war nur noch wenige Jahre davon entfernt, ordiniert zu werden – wir nennen den Prozess der Ernennung zum Fürsten Ordination –, als er eines Nachts verkündete, er habe die Nase voll von dem ganzen Getue und wolle mit den Oberen nichts mehr zu tun haben.«
»Aber warum denn?«, fragte ich.
Gavner zuckte die Achseln. »Das weiß keiner. Larten hat nie viel darüber geredet. Vielleicht hatte er einfach genug vom Kämpfen und Töten.«
Ich wollte noch fragen, gegen wen die Obervampire eigentlich kämpfen mussten, aber in diesem Augenblick ließen wir die letzten Häuser des Städtchens hinter uns. Gavner Purl lächelte und streckte sich behaglich.
»Was für ein schöner Abschiedsspaziergang«, grunzte er vergnügt.
»Wollen Sie uns schon wieder verlassen?«
»Ich muss«, erwiderte er. »Wir Oberen haben einen prallen Terminkalender. Ich hab nur mal kurz vorbeigeschaut, weil ich ohnehin in der Gegend war. Wie gern würde ich noch bleiben und mit Larten über alte Zeiten plaudern, aber das geht leider nicht. Außerdem wird mein guter Freund wohl selbst schon sehr bald aufbrechen.«

Ich spitzte die Ohren. »Wohin denn?«
Gavner schüttelte den Kopf und grinste: »Tut mir Leid. Wenn ich dir das erzähle, reißt er mir den Kopf ab. Ich habe schon mehr verraten, als ich sollte. Sag ihm bloß nichts davon, dass ich dir erzählt habe, dass er früher mal Obervampir war. Versprochen?«
»Wenn es Ihnen so lieber ist«, gab ich zurück.
»Danke.« Gavner ging in die Hocke und sah mir direkt ins Gesicht. »Larten ist manchmal ein richtiges Ekel. Er lässt sich nicht gern in die Karten schauen, und ihm eine Information zu entlocken ist meist schwieriger, als einem Hai die Zähne auszubrechen. Aber er ist ein guter Vampir, einer der besten. Du hättest dir keinen besseren Lehrmeister wünschen können. Vertrau ihm einfach, Darren, dann kann nichts schief gehen.«
»Ich werd's versuchen«, lächelte ich.
»Die Welt kann ein gefährliches Pflaster für Vampire sein«, sagte Gavner leise. »Weitaus gefährlicher, als du dir vielleicht vorstellen magst. Wenn du dich an Larten hältst, stehen deine Überlebenschancen wesentlich besser als für die meisten unserer Art. Wer so lange lebt wie er, hat immer noch ein paar Asse im Ärmel.«
»Wie alt ist er denn?«, erkundigte ich mich.
»Kann ich dir nicht mal genau sagen«, erwiderte Gavner, »aber ich glaube, so hundertachtzig oder gar zweihundert.«
»Und wie alt sind *Sie*?«, wollte ich wissen.
»Ich bin noch ein Grünschnabel«, lachte er. »Gerade mal über hundert.«
»Hundert Jahre alt!«, flüsterte ich staunend.
»Das ist kein Alter für einen Vampir«, sagte Gavner. »Ich war kaum neunzehn, als ich angezapft wurde, und

erst einundzwanzig, als ich ein vollwertiger Vampir wurde. Sofern es die Götter der Vampire zulassen, könnte ich gut und gerne fünfhundert Jahre alt werden.«

»Fünfhundert ...!« Ein solches Alter schien mir unerreichbar.

»Stell dir vor, du musst so viele Kerzen auf deinem Geburtstagskuchen auspusten!«, kicherte Gavner. Dann erhob er sich. »Ich muss los. Bis zum Morgengrauen habe ich noch 50 Kilometer vor mir. Da muss ich wohl den Schnellgang einlegen.« Er verzog das Gesicht. »Ich hasse das Huschen. Hinterher ist mir immer schlecht.«

»Sehen wir uns mal wieder?«, fragte ich.

»Gut möglich«, meinte er. »Die Welt ist klein. Ich bin sicher, dass sich unsere Wege eines schönen schummrigen Nachts mal wieder kreuzen werden.« Dann schüttelte er mir die Hand. »Mach's gut, Darren Shan.«

»Bis zum nächsten Mal, Gavner Purl«, erwiderte ich.

»Genau«, nickte er, dann machte er sich auf den Weg. Er holte mehrmals tief Luft und trabte los, wurde aber schon bald schneller. Ich stand da und sah ihm nach, bis er Huschgeschwindigkeit erreicht hatte und von einem Augenblick zum nächsten verschwunden war. Dann drehte ich um und schlenderte zurück zum Lager.

Ich fand Mr. Crepsley in seinem Wohnwagen. Er saß am Fenster (das lückenlos mit schwarzem Klebeband abgeklebt war, um bei Tag das Sonnenlicht auszusperren) und starrte trübsinnig ins Leere.

»Gavner ist weg«, sagte ich.

»Hmm«, seufzte er.

»Er ist nicht gerade lange geblieben«, meinte ich.

»Er ist eben ein Obervampir«, erwiderte Mr. Crepsley. »Er kann nicht frei über seine Zeit verfügen.«
»Ich kann ihn gut leiden.«
»Er ist ein hervorragender Vampir und ein guter Freund«, bestätigte mein Lehrer.
Ich räusperte mich. »Er sagte, Sie würden wahrscheinlich auch bald aufbrechen.«
Mr. Crepsley musterte mich misstrauisch. »Was hat er sonst noch gesagt?«
»Nichts«, log ich rasch. »Ich habe ihn gefragt, warum er nicht noch länger hier bleibt, und er hat gesagt, es hätte keinen Sinn, weil Sie wohl selber nicht mehr lange bleiben würden.«
Der Vampir nickte. «Gavner hat schlechte Nachrichten mitgebracht", sagte er nachdenklich. »Sieht so aus, als müsste ich den Cirque tatsächlich für eine Weile verlassen.«
»Wo wollen Sie hin?«, fragte ich.
»In eine Stadt«, lautete seine schwammige Antwort.
»Und was ist mit mir?«
Mr. Crepsley kratzte sich nachdenklich an seiner Narbe. »Genau darüber habe ich eben nachgedacht«, sagte er. »Ich würde dich lieber nicht mitnehmen, aber ich fürchte, mir bleibt keine andere Wahl. Könnte sein, dass ich dich dringend brauche.«
»Aber mir gefällt es hier«, protestierte ich. »Ich will nicht weg.«
»Ich auch nicht«, sagte er barsch. »Aber ich muss. Und du musst mit mir kommen. Vergiss nicht: Wir sind Vampire, keine Zirkusartisten. Der Cirque du Freak ist eine Art Unterschlupf, ein Deckmantel, aber nicht unser Zuhause.«

»Wie lange müssen wir weg?«, erkundigte ich mich unglücklich.
»Tage. Wochen. Monate. Ich kann es nicht mit letzter Sicherheit sagen.«
»Und wenn ich mich weigere mitzukommen?«
Er funkelte mich unheilvoll an. »Ein Gehilfe, der seine Anweisungen nicht befolgt, ist nutzlos«, sagte er leise. »Wenn ich mich nicht auf deine Mitarbeit verlassen kann, muss ich Vorkehrungen treffen, dich aus meinen Diensten zu entfernen.«
»Sie meinen ... Sie würden mich rausschmeißen?« Ich lächelte schmerzlich.
»Es gibt nur eine Methode, mit einem aufmüpfigen Halbvampir umzugehen«, antwortete er, und ich wusste genau, was er damit meinte: einen Pfahl durchs Herz!
»Das ist unfair«, brummte ich. »Was soll ich den ganzen Tag allein in einer fremden Stadt machen, während Sie schlafen?«
»Was hast du denn gemacht, als du noch ein Mensch warst?«, fragte er zurück.
»Damals war alles anders«, erwiderte ich. »Ich hatte Freunde und eine Familie. Wenn wir von hier weggehen, bin ich wieder allein, so wie am Anfang, als ich mit Ihnen losgezogen bin.«
»Es wird nicht einfach«, nickte Mr. Crepsley mitfühlend, »aber uns bleibt nichts anderes übrig. Ich muss bei Einbruch der Dunkelheit hier verschwunden sein. Ich würde sogar sofort aufbrechen, würde nicht der Tag schon so bald anbrechen. Und du musst mit. Es gibt keinen anderen ...« Er unterbrach sich, weil ihm etwas eingefallen war. »Aber klar doch«, sagte er gedehnt, »wir könnten noch jemanden mitnehmen.«

»Wie meinen Sie das?«
»Evra könnte uns begleiten.«
Ich überlegte kurz und verzog das Gesicht.
»Ihr zwei seid doch gute Freunde?«, fragte der Vampir.
»Das schon«, sagte ich, »aber ich weiß nicht, was er davon hält, wegzugehen. Und was wird aus seiner Schlange?«
»Bestimmt findet sich jemand, der sich um sie kümmert«, antwortete Mr. Crepsley, der sich mit seiner Idee bereits angefreundet hatte. »Evra wäre genau die richtige Gesellschaft für dich. Außerdem ist er erfahrener als du und könnte aufpassen, dass du keinen Unsinn anstellst, wenn ich nicht dabei bin.«
»Ich brauche keinen Babysitter!«, schnaubte ich verstimmt.
»Das nicht«, pflichtete mir Mr. Crepsley bei, »aber ein Aufpasser wäre bestimmt nicht verkehrt. Du hast die Angewohnheit, dich immer wieder in Schwierigkeiten zu bringen, wenn du auf dich allein gestellt bist. Hast du schon vergessen, wie du Madame Octa gestohlen hast? Und der ganze Ärger, nachdem du dich mit diesem Menschenjungen angefreundet hast, Sam oder wie hieß er noch gleich?«
»Das war nicht meine Schuld!«, rief ich wütend.
»Wahrscheinlich nicht«, räumte mein Lehrer ein. »Aber es passierte trotzdem, als ich nicht auf dich aufpassen konnte.«
Ich zog eine Grimasse, schwieg aber.
»Soll ich ihn also fragen oder nicht?«, drängte er.
»*Ich* frage ihn!«, sagte ich. »Sie lassen ihm vielleicht keine andere Wahl.«
»Wie du meinst.« Mr. Crepsley stand auf. «Dann kläre

ich alles mit Hibernius.« So hieß Meister Riesig mit Vornamen. »Sieh zu, dass du vor Morgengrauen wieder hier bist, damit ich dir meine Anweisungen erteilen kann – ich möchte, dass wir bis zur Abenddämmerung abmarschbereit sind.«

Evra ließ sich für seine Entscheidung reichlich Zeit. Die Vorstellung, sich von seiner Schlange und seinen Freunden beim Cirque du Freak zu trennen, behagte ihm überhaupt nicht.

»Es ist ja nicht für immer«, erklärte ich.

»Weiß ich auch«, erwiderte er unschlüssig.

»Betrachte es doch einfach als Urlaub«, schlug ich vor.

»Urlaub wäre nicht schlecht«, gab mein Freund zu. »Aber es wäre schon nett, wenn ich wüsste, wohin meine Urlaubsreise geht.«

»Manchmal sind Überraschungen viel lustiger«, meinte ich.

»Und manchmal nicht«, murmelte Evra.

»Mr. Crepsley schläft ohnehin den ganzen Tag«, rief ich ihm ins Gedächtnis. »Wir können tun und lassen, was wir wollen. Wir können uns alles ansehen, ins Kino gehen, ins Schwimmbad, was du willst.«

»Ich war noch nie schwimmen«, sagte Evra, und so, wie er grinste, wusste ich sofort, dass er beschlossen hatte mitzukommen.

»Dann sage ich Meister Riesig, dass du uns begleitest, ja?«, sagte ich freudig. »Ich bitte ihn auch gleich, dafür zu sorgen, dass sich jemand um deine Schlange kümmert.«

Evra nickte. »Sie mag das kalte Wetter sowieso nicht und verschläft fast den ganzen Winter.«

»Prima!« Ich strahlte über das ganze Gesicht. »Das wird bestimmt super!«

»Das hoffe ich doch«, knurrte er, »sonst bin ich zum ersten und letzten Mal mit dir in Urlaub gefahren.«

Den restlichen Tag verbrachte ich mit Ein- und Auspacken. Ich musste zwar nur zwei kleine Taschen richten, eine für mich und eine für Mr. Crepsley, aber abgesehen von meinem Tagebuch, das mich überallhin begleitete, überlegte ich es mir immer wieder anders, was ich mitnehmen wollte.

Dann fiel mir Madame Octa ein. Da ich sie auf keinen Fall mitnehmen wollte, rannte ich los, um jemanden aufzutreiben, der sie in meiner Abwesenheit versorgte. Hans Hände erklärte sich dazu bereit, stellte jedoch klar, dass er sie unter keinen Umständen aus dem Käfig herauslassen würde.

Nachdem ich also stundenlang durch die Gegend gerast war – Mr. Crepsley, der gerissene alte Fuchs, machte es sich wieder mal sehr einfach –, brach die Nacht herein, und es wurde Zeit aufzubrechen.

Mr. Crepsley überprüfte das Gepäck und nickte kurz. Ich teilte ihm mit, dass ich Madame Octa bei Hans Hände in Pflege gegeben hätte, und er nickte wieder. Wir holten Evra ab, verabschiedeten uns von Meister Riesig und einigen anderen Zirkusleuten, dann kehrten wir dem Lager den Rücken und machten uns auf den Weg.

»Können Sie uns beim Huschen denn beide tragen?«, erkundigte ich mich.

»Ich habe nicht vor zu huschen«, antwortete Mr. Crepsley.

»Wie sollen wir denn sonst reisen?«, fragte ich.

»Mit dem Bus oder der Eisenbahn«, erwiderte er und lachte, als er mein verdutztes Gesicht sah. »Vampire können öffentliche Verkehrsmittel genauso benutzen wie Menschen. Kein Gesetz verbietet das.«
»Vermutlich nicht«, erwiderte ich grinsend und fragte mich, was wohl die anderen Fahrgäste sagen würden, wenn sie wüssten, dass sie mit einem Vampir, einem Halbvampir und einem Schlangenjungen unterwegs waren. »Gehen wir?«, fragte ich dann.
»Ja«, antwortete Mr. Crepsley einfach, und so machten wir drei uns auf den Weg ins nahe Städtchen, um es bald darauf mit dem ersten Zug zu verlassen.

KAPITEL 4

In der Stadt fühlte ich mich zunächst völlig fehl am Platz. Der Lärm und der Gestank machten mich fast wahnsinnig, denn mit meinen geschärften Sinnen kam ich mir vor wie in einem rotierenden Küchenmixer. Tagsüber lag ich im Bett und zog mir das dickste Kissen, das ich finden konnte, über den Kopf. Aber gegen Ende der Woche hatte ich mich einigermaßen an die übermäßig schrillen Geräusche und Gerüche gewöhnt und nach und nach gelernt, sie zu ignorieren.

Wir wohnten in einem Hotel an einem recht ruhigen Platz in der Innenstadt. Am Abend nachdem der Verkehr nachgelassen hatte, trafen sich die Kinder aus dem Viertel unten auf dem Platz zum Fußballspielen. Wie gern hätte ich mitgemacht, aber ich traute mich nicht, da ich mit meiner überdimensionalen Kraft leicht jemandem die Knochen brechen konnte – oder noch Schlimmeres.

Schon am Anfang der zweiten Woche verliefen unsere Tage nach einer recht angenehmen Routine. Da Mr. Crepsley abends immer allein wegging, ohne uns zu sagen, wohin, standen Evra und ich jeden Morgen auf und machten erst einmal Frühstück. Anschließend verließen wir das Hotel und erkundeten die Stadt, die riesengroß, unglaublich alt und voller interessanter Dinge war. Gegen Abend kehrten wir ins Hotel zurück, um da zu sein, falls Mr. Crepsley uns brauchte, dann schauten wir fern oder spielten Computerspiele. Meistens gingen wir zwischen elf und zwölf ins Bett.

Nach einem Jahr beim Cirque du Freak war es ein echt prickelndes Gefühl, wieder wie ein normaler Mensch zu leben. Ich genoss es, morgens lange zu schlafen und mir keine Sorgen darüber machen zu müssen, was die Kleinen Leute zu essen bekamen; es war toll, nicht mehr von den Artisten hierhin und dorthin geschickt zu werden, sondern sich am Abend in einen gemütlichen Sessel zu fläzen, mit Süßigkeiten vollzustopfen und durch die Fernsehkanäle zu zappen – es war das reinste Paradies!

Auch Evra hatte seinen Spaß daran. Im Gegensatz zu mir hatte er ein solches Leben vorher nie gekannt. Solange er denken konnte, hatte er zur Welt des Zirkus gehört, zuerst als Eigentum eines üblen Freak-Show-Betreibers, später dann bei Meister Riesig. Wie auch mir gefiel es ihm sehr gut beim Zirkus, und er freute sich schon darauf, wieder nach Hause zu kommen, aber er musste zugeben, dass so eine Abwechslung durchaus ihre angenehmen Seiten hatte.

»Ich hätte nie geglaubt, dass Fernsehgucken so süchtig macht«, sagte er eines Abends, nachdem wir fünf Seifenopern hintereinander geschaut hatten.

»Meine Mama und mein Papa haben immer darauf geachtet, dass ich nicht zu viel gucke«, erklärte ich ihm, »aber bei mir in der Schule gab es Kinder, die haben jeden Tag fünf bis sechs Stunden geglotzt.«

»So weit würde ich es nicht treiben«, meinte Evra, »aber ab und zu find ich's einfach klasse. Vielleicht

kaufe ich mir einen tragbaren Fernseher, wenn wir wieder beim Cirque du Freak sind.«
»Seit ich beim Zirkus arbeite, hab ich noch nicht einmal an so was gedacht«, sagte ich. »Dort passiert ständig so viel, dass ich das Fernsehen glatt vergessen habe. Aber du hast Recht, es wäre prima, wenn wir eine kleine Glotze hätten, wenigstens für die Wiederholungen der *Simpsons.*« Die waren unsere absoluten Lieblinge.
Manchmal fragte ich mich, was Mr. Crepsley die ganze Nacht trieb. Er war schon immer ziemlich geheimniskrämerisch gewesen, aber so verschlossen hatte ich ihn noch nie erlebt. Letztendlich machte ich mir aber nicht übermäßig viele Sorgen, denn es war ganz angenehm, ihn nicht ständig auf der Pelle sitzen zu haben.
Wenn wir rausgingen, musste sich Evra immer gut einmummeln. Nicht, weil es kalt war (es war zwar ziemlich frisch, und einige Tage nach unserer Ankunft war der erste Schnee gefallen), sondern wegen seines Aussehens. Obwohl es ihm nicht viel ausmachte, wenn ihn die Leute angafften, denn daran war er schließlich gewöhnt, war es einfacher, sich draußen herumzutreiben, wenn man ihn für einen ganz normalen Menschen hielt. Jedenfalls musste er dann nicht alle fünf oder zehn Minuten stehen bleiben und einem neugierigen Fremden erklären, wer und was er war.
Seinen Körper sowie Arme und Beine zu verhüllen war keine große Kunst und mit Hose, Pullover und Handschuhen im Handumdrehen erledigt. Kniffliger war es mit seinem Gesicht. Es war zwar nicht so dicht geschuppt wie sein restlicher Körper, aber es war auch nicht das Gesicht eines normalen Menschen. Eine

warme Mütze verdeckte sein langes, gelbgrünes Haar, und eine dunkle Brille verbarg den Großteil seiner oberen Gesichtshälfte. Aber die untere Hälfte …

Wir experimentierten mit Bandagen und hautfarbenem Make-up, bis uns endlich die Lösung einfiel: ein falscher Bart! Wir kauften ihn in einem Scherzartikelladen, und obwohl er ziemlich lächerlich aussah und alles andere als echt wirkte, erfüllte er seinen Zweck zu unserer vollsten Zufriedenheit.

»Wir geben bestimmt ein reizendes Pärchen ab«, kicherte Evra einmal, als wir durch den Zoo stromerten. »Du in deinem Piratenkostüm und ich in dieser Aufmachung. Die Leute halten uns wahrscheinlich für zwei ausgebrochene Irre.«

»Die Leute im Hotel auf jeden Fall«, grunzte ich lachend. »Ich habe gehört, wie die Pagen und die Zimmermädchen über uns geredet haben. Sie halten Mr. Crepsley für einen Irrenarzt und uns für seine Patienten.«

»Echt?«, amüsierte sich Evra. »Stell dir vor, sie kriegen die Wahrheit raus! Dass ihr zwei Vampire seid und ich ein Schlangenjunge!«

»Ich glaube nicht, dass das viel ausmachen würde«, meinte ich. »Mr. Crepsley gibt immer fürstliche Trinkgelder, und nur darauf kommt es an. ›Mit Geld erkauft man sich Ungestörtheit‹, habe ich einen der Hotelmanager sagen hören, als sich ein Zimmermädchen bei ihm darüber beschwerte, dass einer der Gäste immer nackt über die Flure spaziert.«

»Den habe ich auch schon gesehen!«, prustete Evra. »Ich dachte, er hätte sich versehentlich ausgesperrt!«

»Nö«, grinste ich. »Allem Anschein nach schlendert er schon seit vier oder fünf Tagen splitterfasernackt durch das Hotel. Dem Hotelmanager zufolge kommt er jedes Jahr ein paar Wochen her und verbringt die ganze Zeit damit, nackt im Haus herumzulaufen.«
»Und die erlauben es ihm?«, fragte Evra ungläubig.
»Mit Geld erkauft man sich Ungestörtheit«, wiederholte ich.
»Ich dachte immer, der Cirque du Freak wär ein merkwürdiges Etablissement«, murmelte Evra trocken. »Aber die Menschen sind ja noch schriller als wir!«

Die Tage vergingen, und die Stadt sah zusehends weihnachtlicher aus. Alle Leute bereiteten sich auf das bevorstehende Fest vor. Überall standen nun Christbäume, Lichterketten und anderer Schmuck erleuchteten am Abend Straßen und Fenster, der Weihnachtsmann ging von Haus zu Haus und nahm Wunschzettel entgegen, Spielzeug in allen Formen und Größen türmte sich in den Regalen der Geschäfte vom Boden bis unter die Decke.
Ich freute mich auf Weihnachten. Letztes Jahr waren die Festtage unbemerkt an uns vorübergegangen, denn im Cirque du Freak gab es niemanden, der sich auch nur im Entferntesten etwas aus Weihnachten machte.
Auch Evra konnte nicht verstehen, was der ganze Trubel überhaupt sollte.
»Worum geht es dabei eigentlich?«, fragte er immer wieder. »Die Leute kaufen sich gegenseitig teure Geschenke, die sie eigentlich nicht brauchen, sie drehen fast durch, nur um rechtzeitig ein tolles Essen auf den

Tisch zu kriegen, Bäume, Gänse und Truthähne werden aufgezogen und dann in erschreckender Anzahl geschlachtet. Das ist doch lächerlich!«

Ich versuchte ihm zu erklären, dass es ein Tag des Friedens und der Liebe sei, an dem die Familie zusammenkommt und gemeinsam feiert, aber er kapierte es einfach nicht. Seiner Meinung nach war das alles nichts weiter als ein hirnrissiges Spektakel, bei dem unnötig viel Geld ausgegeben wurde.

Mr. Crepsley schnaubte natürlich nur verächtlich, wenn wir das Thema anschnitten. »Was für ein kindischer Menschenbrauch«, waren seine Worte, und er wollte nichts mit dem Fest zu tun haben.

Ohne meine Familie würde es ein trauriges Weihnachten werden. In diesen Tagen vermisste ich Mama, Papa und Annie mehr als das ganze Jahr über. Annie ganz besonders. Aber ich freute mich trotzdem auf die Feiertage. Im Hotel wurde für die Gäste eine Riesenparty ausgerichtet. Es sollte Truthahn, Schinken, Plumpudding und Plätzchen geben. Ich hatte mir vorgenommen, Evra an der feierlichen Stimmung des Tages teilhaben zu lassen, denn ich war überzeugt, dass er seine Meinung ändern würde, wenn er Weihnachten erst einmal selbst miterlebt hatte.

»Hast du Lust, einkaufen zu gehen?«, fragte ich ihn an einem eisigen Nachmittag und warf mir einen Schal um den Hals. (Eigentlich brauchte ich keinen Schal, auch keinen dicken Mantel und keinen Wollpullover, denn mein Vampirblut hielt mich auch so warm, aber ohne Winterklamotten wäre ich nur aufgefallen.)

Evra warf einen kurzen Blick aus dem Fenster. Es hatte geschneit, und die Welt draußen sah wie mit Zucker bestreut aus.
»Ich weiß nicht so recht«, erwiderte er. »Ich hab keine Lust, mich schon wieder dick anzuziehen.« Wir waren bereits am Vormittag draußen gewesen und hatten eine Schneeballschlacht gemacht.
»Na schön.« Insgeheim war ich froh, dass er nicht mitkam, denn ich wollte mich nach ein paar Geschenken für ihn umsehen. »In ein oder zwei Stunden bin ich wieder da.«
»Bist du zurück, bevor es dunkel wird?«
»Kann sein«, sagte ich.
»Wäre besser.« Er nickte in Richtung der Tür, hinter der Mr. Crepsley schlief. »Du kennst das doch: Ausgerechnet wenn du mal nicht da bist, braucht er dich ganz dringend.«
Ich lachte. »Das Risiko muss ich eben eingehen. Soll ich dir was mitbringen?« Evra schüttelte den Kopf. »Okay, dann bis nachher.«
Ich spazierte pfeifend durch den Schnee. Ich fand Schnee ganz toll: Er überdeckt die meisten Gerüche und dämpft alle Geräusche. Einige Kinder, die rings um den Platz wohnten, waren draußen und bauten einen Schneemann. Ich blieb stehen und schaute ihnen eine Weile zu, ging aber weiter, bevor sie mich fragten, ob ich mitmachen wollte. Es war einfacher, mit den Menschen gar nicht erst in Kontakt zu geraten.
Als ich kurz darauf vor einem großen Kaufhaus stand, die Schaufensterdekoration betrachtete und überlegte, was ich Evra schenken sollte, kam ein Mädchen anspaziert und blieb neben mir stehen. Es war dunkelhäutig,

etwa in meinem Alter, ein bisschen kleiner als ich und hatte lange schwarze Haare.
»Ahoi, Käpt'n«, sagte sie und salutierte.
»Wie bitte?«, erwiderte ich verdattert.
»Das Kostüm«, grinste sie und zupfte an meinem Mantel. »Find ich cool. Du siehst wie'n Pirat aus. Gehst du rein oder drückst du dir nur die Nase platt?«
»Weiß noch nicht«, sagte ich. »Ich suche ein Geschenk für einen Freund, aber ich weiß nicht genau, was ich ihm kaufen soll.«
»Aha«, nickte sie. »Wie alt ist er denn?«
»Ein bisschen älter als ich.«
»Rasierwasser«, sagte sie mit erstaunlicher Bestimmtheit.
Ich schüttelte den Kopf. »Er rasiert sich noch nicht.« Mit seinen Schuppen würde sich Evra auch nie rasieren müssen.
»Na gut«, lenkte sie ein. »Wie wär's mit einer CD?«
»Er hört keine Musik«, antwortete ich. »Aber vielleicht fängt er ja damit an, wenn ich ihm einen CD-Spieler kaufe.«
»Die sind aber teuer«, gab das Mädchen zu bedenken.
»Es ist ein sehr guter Freund«, sagte ich. »Er ist es wert.«
»Dann kauf einen.« Sie streckte mir die Hand hin. Trotz der Kälte trug sie keine Handschuhe. »Ich heiße Debbie.«
Ich schüttelte die Hand – meine sah im Vergleich zu ihrer dunklen Haut auffallend bleich aus – und nannte meinen Namen.
»Darren und Debbie.« Sie lächelte. »Hört sich prima an. Wie Bonnie und Clyde.«

»Sprichst du immer Fremde auf der Straße an?«, fragte ich.
»Nein«, antwortete sie. »Aber du bist ja kein Fremder.«
»Nicht?« Ich runzelte die Stirn.
»Ich habe dich schon öfter gesehen«, sagte sie. »Ich wohne auch am Platz, in der Nähe vom Hotel, nur ein paar Häuser weiter. Deshalb wusste ich auch das mit dem Piratenkostüm. Du treibst dich immer mit diesem komischen Kerl mit der Sonnenbrille und dem falschen Bart herum.«
»Das ist Evra. Für ihn brauche ich das Geschenk.« Ich kramte in meinem Gedächtnis nach ihrem Gesicht, konnte mich aber nicht erinnern, es in der Menge der anderen Kinder gesehen zu haben. »Du bist mir gar nicht aufgefallen«, sagte ich.
»Ich war auch nicht oft draußen«, erwiderte sie. »Hab mit einer Erkältung im Bett gelegen und oft zum Fenster rausgeschaut. Dabei habe ich euch entdeckt, unten auf dem Platz. Es ist ziemlich langweilig, wenn man den ganzen Tag im Zimmer bleiben muss.« Debbie hauchte sich in die Hände und rieb sie aneinander.
»Du hättest Handschuhe anziehen sollen«, meinte ich.
»Das musst du gerade sagen«, schniefte sie. Tatsächlich hatte ich vergessen, mir ein Paar einzustecken. »Aber genau deshalb bin ich ja hier. Ich habe meine Handschuhe heute Vormittag verloren, und jetzt klappere ich die Geschäfte ab, um genau so ein Paar zu finden. Ich will nämlich nicht, dass meine Eltern merken, dass ich sie verloren habe, gleich am zweiten Tag, an dem ich aus dem Bett bin.«
»Wie sehen sie denn aus?«, erkundigte ich mich.

»Rot mit falschem Pelzbesatz am Handgelenk«, antwortete sie. »Mein Onkel hat sie mir vor ein paar Monaten geschenkt, aber er hat nicht gesagt, wo er sie gekauft hat.«

»Warst du schon hier drin?«

»Mm, Mmm.« Sie schüttelte den Kopf. »Ich wollte gerade rein, als ich dich gesehen hab.«

»Wollen wir zusammen reingehen?«, fragte ich.

»Klar«, sagte sie. »Ich gehe nicht gern allein einkaufen. Wenn du willst, helfe ich dir, einen CD-Spieler auszusuchen, ich kenne mich da ziemlich gut aus.«

»Also los«, sagte ich, stieß die Eingangstür auf und hielt sie ihr auf.

»Aber Darren«, kicherte sie, »die Leute denken ja noch, du hast es auf mich abgesehen!«

Ich merkte, wie ich rot wurde, und suchte nach einer passenden Antwort – aber mir fiel nichts ein. Debbie kicherte, ging hinein und überließ es mir, hinter ihr herzutrotten.

KAPITEL 5

Debbie hieß mit Nachnamen Schierling. Sie hasste ihren Namen. »Stell dir vor, du heißt wie eine giftige Pflanze!«, schnaubte sie wütend.

»So schlimm ist es nun auch wieder nicht«, beschwichtigte ich. »Mir gefällt der Name sogar ganz gut.«

»Das beweist nur, was du für einen merkwürdigen Geschmack hast«, schniefte sie.

Debbie war erst vor kurzem mit ihren Eltern in die Stadt gezogen. Sie hatte keine Geschwister. Ihr Vater war ein Computerspezialist, der ständig geschäftlich in der ganzen Weltgeschichte herumflog. Seit ihrer Geburt waren sie schon fünfmal umgezogen.

Sie hörte aufmerksam zu, als ich erzählte, dass ich ebenfalls ans Herumziehen gewöhnt sei. Ich berichtete ihr nichts vom Cirque du Freak, sondern nur, dass ich viel mit meinem Vater, einem Geschäftsreisenden, unterwegs sei.

Debbie wollte wissen, warum sie meinen Vater noch nie auf dem Platz gesehen hatte. »Dich und deinen Bruder habe ich schon oft gesehen« – sie hielt Evra für meinen Bruder, und ich verbesserte sie nicht –, »aber deinen Vater noch nie.«

»Er ist Frühaufsteher«, log ich. »Er macht sich immer vor Tagesanbruch auf die Socken und kommt meistens erst spätabends nach Hause.«

»Und euch lässt er im Hotel allein?« Sie spitzte die Lippen und dachte nach. »Müsst ihr nicht zur Schule?«
»Sind *die* hier so wie deine Handschuhe?« Ich wich der Frage aus, indem ich ein Paar rote Handschuhe aus dem Stapel zog.
»So ähnlich«, antwortete sie und betrachtete sie genauer. »Meine waren ein bisschen dunkler.«
Wir gingen noch in ein anderes Geschäft und sahen uns jede Menge CD-Spieler an. Da ich jedoch nicht genug Geld dabeihatte, kaufte ich überhaupt nichts.
»Nach Weihnachten, im Schlussverkauf, sind sie natürlich billiger«, sagte Debbie und seufzte. »Aber was hilft dir das? Wenn du so lange wartest, stehst du an Weihnachten dumm da.«
»Das Geld ist nicht das Problem«, erklärte ich. Mr. Crepsley würde mir jederzeit Geld geben, wenn ich welches brauchte.
Nachdem wir auch in den nächsten paar Geschäften die gesuchten Handschuhe nicht fanden, schlenderten wir eine Weile durch die Gegend und schauten zu, wie die Straßenlaternen und die Lichter in den Schaufenstern angingen.
»Diese Abendstimmung gefällt mir immer am besten«, meinte Debbie. »Es ist, als würde eine Stadt schlafen gehen und eine andere aufwachen.«
»Eine Stadt der Nachtwandler?«, sagte ich und musste dabei an Mr. Crepsley denken.
»Mhmm«, erwiderte sie und sah mich mit einem merkwürdigen Blick an. »Wo kommst du eigentlich her? Ich kann deinen Akzent nicht einordnen.«
»Von hier und da«, entgegnete ich ausweichend. »Von so ziemlich überall.«

»Du willst es mir wohl nicht sagen, hm?«, fragte sie direkt.
»Mein Vater will nicht, dass ich es überall herumerzähle«, antwortete ich.
»Warum nicht?«, hakte sie herausfordernd nach.
»Darf ich dir nicht sagen.« Ich grinste schwach.
»Hmm«, brummte sie, ließ es aber dabei bewenden.
»Wie ist euer Hotel denn so?«, wollte sie als Nächstes wissen. »Sieht irgendwie ziemlich muffig aus. Stimmt das?«
»Nein«, sagte ich. »Es ist besser als die meisten anderen Orte, an denen ich schon übernachtet habe. Die Angestellten scheuchen einen nicht weg, wenn man auf dem Flur spielt, und manche Gäste ...« Ich erzählte ihr von dem Typen, der immer nackt über die Gänge spazierte.
»Echt?«, rief sie. »Du machst Witze!«
»Nein, es stimmt! Ich schwör's dir!«
»Und sie schmeißen ihn nicht raus?«
»Er ist ein zahlender Gast. Ihrer Meinung nach hat er das Recht, so herumzulaufen, wie es ihm Spaß macht.«
»Ich glaube, ich muss dich mal besuchen kommen«, gluckste sie.
»Wann du willst«, sagte ich und lächelte. »Nur tagsüber geht es nicht«, fügte ich rasch hinzu, als mir der schlummernde Mr. Crepsley einfiel. Das Letzte, was ich mir wünschte, war, dass Debbie versehentlich ein Zimmer betrat, in dem ein schlafender Vampir lag.
Auf dem Rückweg zum Platz ließen wir uns Zeit. Ich war gern mit Debbie zusammen. Ich wusste zwar, dass ich keine Freundschaften mit Menschen schließen sollte, weil es viel zu gefährlich war, aber es fiel mir schwer, sie abzuweisen. Seit ich zum Halbvampir ge-

worden war, hatte ich außer Evra mit keinem Kind in meinem Alter mehr zu tun gehabt.

»Was sagst du deinen Eltern jetzt? Wegen der Handschuhe?«, fragte ich sie, als wir vor der Treppe zu ihrem Haus standen.

Sie zuckte die Achseln. »Die Wahrheit. Wenn ich dabei heftig genug huste, tu ich ihnen hoffentlich Leid, und dann sind sie nicht so sauer.«

»Du bist vielleicht gerissen«, schmunzelte ich.

»Wundert dich das – bei jemandem, der Schierling heißt?« Sie lächelte mich an und fragte: »Möchtest du noch ein bisschen mit reinkommen?«

Ich warf eine Blick auf meine Uhr. Inzwischen war Mr. Crepsley garantiert aufgestanden und wahrscheinlich sogar schon aus dem Hotel gegangen. Andererseits wollte ich Evra nicht so lange allein lassen, sonst dachte er noch, ich kümmerte mich nicht mehr um ihn und wollte wieder zurück zum Cirque du Freak.

»Lieber nicht«, sagte ich. »Es ist schon spät. Ich muss los.«

»Wie du willst«, meinte Debbie. »Aber wenn du magst, kannst du ja morgen mal vorbeikommen. Egal wann. Ich bin zu Hause.«

»Musst du nicht zur Schule?«, fragte ich.

Sie schüttelte den Kopf. »Es sind sowieso bald Ferien, da hat meine Mama gesagt, ich brauche erst im neuen Jahr wieder hin.«

»Aber sie hat dich ohne Handschuhe rausgehen lassen?«

Debbie biss sich auf die Lippe. Es war ihr peinlich. »Sie weiß nicht, dass ich rausgegangen bin«, gab sie zu. »Ich habe ihr erzählt, ich würde eine Freundin besuchen

und bin mit dem Taxi losgefahren. Eigentlich soll ich auch mit dem Taxi wieder zurückkommen.«
»Aha!« Ich lächelte. »Da wittere ich doch gleich die Chance für eine kleine Erpressung!«
»Versuch's doch!«, schnaubte sie empört. »Dann braue ich einen Hexentrank zusammen und verwandle dich in einen Frosch.« Sie fischte einen Schlüssel aus ihrem Geldbeutel und hielt inne. »Du kommst mich doch besuchen, oder? So ganz allein zu Hause ist es nämlich ziemlich langweilig, und viele Freunde habe ich hier noch nicht gefunden.«
»Ich komme gern«, sagte ich, »aber wie willst du das deiner Mutter erklären? Du kannst ihr ja wohl schlecht erzählen, wir hätten uns im Taxi kennen gelernt.«
»Da hast du Recht.« Ihre Augen wurden schmal. »Daran habe ich nicht gedacht.«
»Tja, ich schon. Ich sehe halt nicht nur gut aus«, sagte ich.
»Von wegen gut aussehen!«, lachte sie. »Aber wie wär's, wenn ich rüber ins Hotel komme?«, schlug sie vor. »Von dort aus können wir ja ins Kino gehen, und ich sage meiner Mama dann, wir hätten uns dort getroffen.«
»In Ordnung«, erwiderte ich und nannte ihr meine Zimmernummer. »Aber nicht zu früh«, warnte ich sie. »Warte bis fünf oder sechs, bis es richtig schön dunkel ist.«
»Abgemacht.« Sie tippte mit gespielter Ungeduld mit dem Fuß auf die Türschwelle. »Dann also los …«
»Wie also los?«, wiederholte ich irritiert.
»Willst du denn nicht fragen?«
»Was denn?«

»Ob ich mit dir ins Kino gehe.«

»Aber du hast doch eben selbst ...«

»Darren«, seufzte sie. »Mädchen laden doch keine Jungs ein!«

»Echt nicht?« Ich war verwirrt.

»Du hast wohl überhaupt keinen Schimmer von solchen Sachen?« Sie lachte kurz auf. »Frag mich einfach, ob ich mit dir ins Kino gehe.«

»Von mir aus«, stöhnte ich. »Debbie, möchtest du mit mir ins Kino gehen?«

»Mal sehen«, sagte sie, sperrte die Tür auf und verschwand im Hausflur.

Mädchen!

KAPITEL 6

Als ich ins Hotelzimmer zurückkam, war Evra mal wieder beim Fernsehgucken. »Gibt's was Neues?«, erkundigte ich mich.

»Nein«, erwiderte er.

»Hat mich Mr. Crepsley nicht vermisst?«

»Er hat kaum gemerkt, dass du nicht da warst. In letzter Zeit benimmt er sich ziemlich eigenartig.«

»Ich weiß«, sagte ich. »Eigentlich müsste ich unbedingt Menschenblut trinken, aber er hat kein Wort mehr darüber verloren. Normalerweise ist er absolut hinterher, dass ich mich auch ja regelmäßig ernähre.«

»Gehst du jetzt ohne ihn auf die Jagd?«, wollte Evra wissen.

»Was bleibt mir anderes übrig? Ich schleiche mich später in eines der Zimmer und nehme einem schlafenden Gast ein bisschen Blut ab. Mit einer Spritze.« Ich konnte nämlich die kleinen Wunden nicht wie ein vollwertiger Vampir mit Speichel verschließen.

»Pass bloß auf«, warnte Evra. »Wenn man dich dabei erwischt, wird Mr. Crepsley stinksauer.«

»Erwischen? Mich? Unmöglich! Ich husche rein und raus wie ein Gespenst.«

Genau das tat ich auch, und zwar um zwei Uhr morgens. Für jemanden mit meinen Fähigkeiten war das keine Kunst: Ich presste ein Ohr an die Zimmertür, lauschte auf die Geräusche von drinnen und wusste sofort, wie viele Leute sich im Zimmer befanden und ob es sich um Menschen mit tiefem oder leichtem Schlaf handelte. Als ich auf ein unverschlossenes Zimmer mit einem einzelnen Mann stieß, der obendrein wie ein Bär schnarchte, schlich ich hinein und zapfte mir die erforderliche Menge Blut ab. In unserem Zimmer drückte ich das Blut dann aus der Spritze in ein Glas und trank es.

»Das dürfte für eine Weile genügen«, sagte ich, als ich fertig war. »Jedenfalls reicht es morgen für den ganzen Tag, und darauf kommt es an.«

»Was gibt's denn morgen Besonderes?«, fragte Evra.

Ich erzählte ihm, wie ich Debbie kennen gelernt hatte und dass wir miteinander ins Kino gehen wollten.

»Du hast eine Verabredung!«, lachte Evra ausgelassen auf.

»Es ist keine Verabredung!«, wehrte ich empört ab. »Wir gehen nur zusammen ins Kino.«

»Nur?« grinste Evra. »Bei Mädchen gibt es so etwas wie *nur* nicht. Es ist eindeutig eine Verabredung.«

»Also gut«, seufzte ich. »Wenn du unbedingt willst, ist es eben so eine Art Verabredung. Aber ich bin nicht blöd. Ich weiß, dass ich mich auf nichts einlassen darf.«

»Warum nicht?«, wollte Evra wissen.

»Weil sie ein normales Mädchen ist und ich nur noch zur Hälfte ein Mensch«, erklärte ich ihm.

»Deshalb könnt ihr trotzdem zusammen ausgehen. Sie weiß ja nicht, dass du ein Vampir bist ... es sei denn, du beißt ihr gleich in den Hals.«

»Hahaha«, lachte ich trocken. »Darum geht's gar nicht.

Aber in fünf Jahren ist sie eine erwachsene Frau, und ich bin immer noch so wie jetzt.«

Evra schüttelte den Kopf. »An deiner Stelle würde ich mir über die nächsten fünf Tage Gedanken machen, nicht über die nächsten fünf Jahre. Du hast zu viel Zeit mit Mr. Crepsley verbracht. Allmählich wirst du schon genauso trübsinnig wie er. Es gibt keinen Grund, dich nicht mit Mädchen zu verabreden.«

»Vermutlich hast du Recht«, seufzte ich.

»Natürlich hab ich Recht.«

Ich kaute nervös an meiner Oberlippe. »Mal angenommen, es *ist* eine Verabredung«, sagte ich. »Was muss ich dabei beachten? Ich bin noch nie mit einem Mädchen ausgegangen.«

Evra zuckte die Achseln. »Ich doch auch nicht. Aber ich glaube, man muss sich ganz normal verhalten. Unterhalte dich mit ihr. Erzähl ihr ein paar Witze. Behandle sie wie einen Freund. Und dann ...«

»Und *dann* ...?«, fragte ich, als er plötzlich verstummte.

Er spitzte die Lippen. »Dann drückst du ihr einen auf!«, gluckste er.

Ich warf ihm ein Kissen an den Kopf. »Hätte ich dir bloß nichts davon erzählt«, knurrte ich.

»Ich mach doch nur Spaß. Aber ich verrate dir eins.« Er war auf einmal ganz ernst. »Erzähl bloß Mr. Crepsley nichts davon, sonst bringt er uns vielleicht auf der Stelle in eine andere Stadt oder zumindest in ein anderes Hotel.«

»Du hast Recht«, nickte ich. »In seiner Gegenwart erwähne ich Debbie lieber nicht. Was nicht allzu schwierig sein dürfte, da ich ihn so gut wie nie sehe.

Und wenn, dann redet er kaum ein Wort mit mir. Er scheint völlig in seine eigene Welt abgetaucht zu sein.«
Damals wusste ich es noch nicht, aber es war eine Welt, der auch Evra und ich bald angehören sollten … und Debbie ebenfalls.

Der folgende Tag zog sich wie Kaugummi. In meinem Magen rumorte es heftig. Ich musste sogar warme Milch trinken, um ihn einigermaßen zu beruhigen. Evra war auch keine große Hilfe. Er verkündete immer wieder laut die Uhrzeit und gab dumme Kommentare ab: »Jetzt nur noch fünf Stunden!«, »In vier Stunden ist es so weit!«, »Dreieinhalb Stunden!«.
Zum Glück musste ich mir keine Gedanken über meine Kleidung machen. Da ich nur einen einzigen Anzug besaß, bereitete mir die Auswahl keine besonderen Probleme. Dafür verbrachte ich mehrere Stunden im Bad und sorgte dafür, dass ich makellos sauber war.
»Reg dich ab«, sagte Evra schließlich. »Du siehst super aus. Am liebsten würde ich selbst mit dir ausgehen.«
»Halt die Klappe, Schwachkopf«, fauchte ich, musste aber trotzdem grinsen.
»Eine Frage noch«, sagte Evra. »Soll ich verschwinden, bevor Debbie kommt?«
»Warum denn?«
»Könnte sein, dass du mich hier nicht brauchen kannst«, murmelte er.
»Ach was, ich möchte sie dir vorstellen. Sie hält dich für meinen Bruder. Sieht doch komisch aus, wenn du nicht da bist.«
»Es ist nur … also … wie willst du es ihr erklären?«, fragte Evra.

»Was denn erklären?«
»Mein Aussehen«, nuschelte er und rubbelte sich ein paar Schuppen vom Unterarm.
»Ach so«, sagte ich, und langsam dämmerte mir, was er meinte. Debbie wusste nicht, dass Evra ein Schlangenjunge war. Sie erwartete natürlich einen normalen Jungen.
»Vielleicht jag ich ihr einen Mordsschrecken ein«, gab Evra zu bedenken. »Die meisten Leute kriegen Angst, wenn sie unerwartet einem Kerl wie mir gegenüberstehen. Vielleicht wäre es am besten, wenn ich ...«
»Hör mal«, unterbrach ich ihn mit einer Stimme, die keine Widerrede duldete. »Du bist doch mein bester Freund, oder?«
»Klar.« Evra lächelte unsicher. »Aber ...«
»Nein!«, fuhr ich ihn an. »Kein Aber! Ich mag Debbie sehr, aber wenn sie nicht damit klarkommt, wie du aussiehst, dann hat sie eben Pech gehabt.«
»Danke, Darren«, sagte Evra leise.

Die Nacht brach herein, und Mr. Crepsley stand auf. Der Vampir sah ausgemergelt aus. Ich hatte ihm eine Mahlzeit mit Schinken, Würstchen und Schweinekotelett zubereitet, damit er sofort essen konnte und aus dem Haus war, bevor Debbie eintraf.
»Wie geht es Ihnen, Mr. Crepsley?«, fragte ich, als er das Essen hinunterschlang.
»Gut«, grummelte er.
»Sie sehen schrecklich aus«, sagte ich ohne Umschweife. »Haben Sie in letzter Zeit regelmäßig getrunken?«
Er schüttelte den Kopf. »Bin nicht dazu gekommen. Vielleicht heute Nacht.«

»Ich habe gestern Nacht einem Gast Blut abgezapft«, bemerkte ich. »Damit bin ich wieder für eine Woche oder so versorgt.«

»Gut«, sagte er geistesabwesend. Es war das erste Mal, dass ich mich allein versorgt hatte, und eigentlich hatte ich ein Lob oder etwas in der Richtung erwartet, aber er schien gar nicht richtig zugehört zu haben. Es war, als hätte er jegliches Interesse an mir verloren.

Nachdem er gegangen war, räumte ich ab und machte alles sauber, dann setzte ich mich hin, schaute mit Evra fern und wartete auf Debbie.

»Sie kommt nicht mehr«, sagte ich nach einer Weile, die mir wie mehrere Stunden vorkam. »Sie hat mich versetzt.«

»Immer mit der Ruhe«, lachte Evra. »Du sitzt doch erst seit zehn Minuten hier. Es ist noch früh am Abend.«

Ich warf einen prüfenden Blick auf die Uhr. Er hatte Recht. »Ich glaube, das stehe ich nicht durch«, stöhnte ich. »Ich bin noch nie mit einem Mädchen verabredet gewesen. Bestimmt vermassele ich alles. Sie hält mich garantiert für stinklangweilig.«

»Jetzt reg dich mal ab«, beschwichtigte mich Evra. »Du *willst* mit ihr ausgehen, und du *wirst* auch mit ihr ausgehen, also ist doch alles bestens, oder?«

Ich setzte zu einer Antwort an, doch genau in diesem Augenblick klopfte Debbie. Sofort war sämtliche Aufregung vergessen. Ich sprang auf, um sie hereinzulassen.

KAPITEL 7

Ich hatte erwartet, dass Debbie sich schick machen würde, aber sie hatte ganz normale Jeans und einen weiten Pullover an und darüber einen dicken langen Mantel.

Außerdem fielen mir ihre roten Handschuhe auf.

»Hast du die Handschuhe wieder gefunden?«, fragte ich.

Sie verzog das Gesicht. »Sie waren die ganze Zeit in meinem Zimmer«, stöhnte sie. »Hinter die Heizung gefallen. Natürlich hab ich sie erst gefunden, *nachdem* ich Mama gebeichtet hatte, dass ich ohne sie draußen war.«

Dann fragte sie: »Sind dein Vater und dein Bruder auch da?«

»Mr. Cre… ich meine, mein Vater ist weggegangen. Aber Evra ist da.« Ich unterbrach mich. »Was Evra angeht, solltest du vorher etwas wissen«, sagte ich dann.

»Was denn?«

»Er ist nicht wie andere Menschen.«

Sie lachte. »Wer ist das schon?«

»Nein … hör mal … Evra ist ein …«

»Also ehrlich«, unterbrach sie mich, »es ist mir egal, was für ein komischer Kauz er ist. Bring mich einfach zu ihm, und stell ihn mir vor.«

»Na schön.« Ich grinste gequält und forderte sie auf,

mir zu folgen, doch Debbie stürzte einfach an mir vorbei ins Zimmer. Sie ging ein paar Schritte weiter, erblickte Evra und blieb stehen.
»Wow!«, rief sie aus. »Ist das ein Kostüm?«
Evra lächelte nervös. Er stand mit linkisch verschränkten Armen vor dem Fernseher.
»Debbie«, setzte ich an, »das ist mein Bruder Evra. Er ist …«
»Sind das da *Schuppen*?«, fragte Debbie ungläubig und stürzte auf meinen Freund zu.
»Mmhmm«, sagte Evra.
»Darf ich sie mal anfassen?«, wollte Debbie wissen.
»Klar«, sagte Evra.
Sie strich mit den Fingern seinen linken Arm hinauf (er trug ein T-Shirt) und den rechten wieder herunter.
»Wow!«, entfuhr es ihr abermals. »Hast du das schon immer?«
»Ja«, sagte Evra.
»Er ist ein Schlangenjunge«, erklärte ich.
Debbie wirbelte herum und funkelte mich böse an: »So etwas sagt man nicht! Du darfst ihn nicht mit solchen Schimpfwörtern belegen, nur weil er anders aussieht als wir.«
»Aber ich habe ihn doch gar nicht …«, setzte ich an, doch sie schnitt mir sofort das Wort ab.
»Würde es dir etwa gefallen, wenn sich jemand über das dumme Kostüm lustig machen würde, in dem du rumläufst?«, fauchte sie wutentbrannt. Ich blickte an meinem Anzug hinunter. »Ja, genau!«, schnaubte sie. »Ich hätte so einiges über deinen komischen Aufzug sagen können, aber ich habe es nicht getan. Ich dachte mir, wenn du unbedingt wie jemand aus der Mann-

schaft von Käpt'n Hook aussehen willst, ist das deine Sache.«
»Schon gut«, sagte Evra besänftigend. »Ich *bin* ein Schlangenjunge.« Debbie starrte ihn verunsichert an.
»Ehrlich, ich schwöre es«, fuhr mein Freund fort. »Ich habe noch mehr schlangenhafte Eigenschaften: Ich häute mich, ich bin kaltblütig, und ich habe Schlangenaugen.«
»Trotzdem.« Debbie blieb hartnäckig. »Es ist nicht nett, wenn man mit einer Schlange verglichen wird.«
»Doch. Wenn man Schlangen mag, dann schon«, lachte Evra.
»Oh.« Debbie drehte sich zu mir um und sagte verschämt: »Tut mir Leid.«
»Schon okay«, nahm ich ihre Entschuldigung an und freute mich im Stillen über ihre Reaktion. Sie hatte bewiesen, dass sie keine Vorurteile besaß.
Debbie war von Evra fasziniert und fragte ihn regelrecht aus. Sie wollte wissen, was und wie oft er aß und ob er mit Schlangen sprechen könne. Nach einiger Zeit bat ich ihn, ihr seine Zunge zu zeigen; er hatte eine unglaublich lange Zunge, die er sich tief in die Nasenlöcher stecken konnte.
»Das ist das Krasseste und das Tollste, was ich jemals gesehen habe!«, jubelte Debbie, als Evra ihr sein Nasenlochkunststück vormachte. »Ich wäre froh, wenn ich das auch könnte. Damit würde ich sie in der Schule alle zu Tode erschrecken!«
Inzwischen war es höchste Zeit, ins Kino aufzubrechen.
»Ich komme nicht allzu spät zurück«, versicherte ich Evra.

»Meinetwegen musst du dich nicht beeilen«, erwiderte er und zwinkerte mir zu.

Wir gingen zu Fuß zum Kino, es war nicht sehr weit. Als wir ankamen, war noch genug Zeit, bis der Film anfing. Wir kauften Popcorn und etwas zu trinken und gingen dann hinein. Während der Werbung und der Vorschau unterhielten wir uns.

»Ich mag deinen Bruder«, meinte Debbie. »Er kommt mir ein bisschen schüchtern vor, aber das hängt wohl mit seinem Aussehen zusammen.«

»Ja«, pflichtete ich ihr bei. »Er hat es im Leben nicht leicht gehabt.«

»Gibt es in eurer Familie noch mehr Schlangenmenschen?«, erkundigte sie sich.

»Nein. Evra ist der einzige.«

»Ist deine Mama irgendwie ungewöhnlich?« Ich hatte Debbie erzählt, meine Mutter und mein Vater hätten sich scheiden lassen und dass Evra und ich jeweils ein Jahr bei jedem von ihnen wohnten. »Oder vielleicht dein Vater?«

Ich lächelte. »Mein Vater ist auch ziemlich ungewöhnlich«, gab ich zu, »aber anders als Evra.«

»Stellst du ihn mir mal vor?«

»Ja, bald«, log ich. Debbie hatte sich zwar sofort mit dem Schlangenjungen angefreundet, aber wie würde sie auf einen Vampir reagieren? Ich hatte das ungute Gefühl, dass sie von Mr. Crepsley nicht so begeistert sein würde, jedenfalls nicht, wenn sie erfuhr, wer und was er war.

Der Film war eine alberne Liebeskomödie. Debbie lachte öfter als ich.

Hinterher auf dem Heimweg unterhielten wir uns über den Film. Ich tat so, als hätte er mir besser gefallen, als es eigentlich der Fall war. Als wir durch eine dunkle Seitenstraße gingen, ergriff Debbie meine Hand und hielt sie ein wenig ängstlich fest. Ich fühlte mich großartig.

»Hast du keine Angst im Dunkeln?«, fragte sie.

»Nein«, erwiderte ich. Für meine Vampiraugen war die Gasse sogar ziemlich hell. »Wovor sollte ich Angst haben?«

Sie erschauerte. »Ich weiß, es klingt albern«, gestand sie, »aber ich fürchte mich immer ein wenig davor, dass mich ein Vampir oder ein Werwolf anspringen könnte.« Sie lachte. »Ein dummer Gedanke, was?«

»Ja«, sagte ich und grinste gequält. »Ziemlich dumm.« Wenn sie wüsste ...

»Deine Fingernägel sind ganz schön lang«, rügte sie.

»Entschuldige«, stotterte ich. Meine Fingernägel waren unglaublich hart. Mit einer Schere ließen sie sich nicht schneiden. Um sie kurz zu halten, musste ich sie regelmäßig abkauen.

»Du brauchst dich nicht dafür zu entschuldigen«, sagte sie.

Als wir aus dem Gässchen herauskamen, merkte ich, dass sie mich im Licht der Straßenlaternen intensiv musterte. »Was ist?«, fragte ich.

»Du hast irgendetwas, Darren, etwas Besonderes«, meinte sie nachdenklich. »Aber ich komme einfach nicht drauf.«

Ich versuchte ihre Bemerkung mit einem Schulterzucken abzutun und sagte scherzhaft: »Das liegt nur daran, dass ich so blendend aussehe.«

»Nein«, erwiderte sie ernst. »Es ist etwas in dir. Manchmal kann ich es in deinen Augen sehen.«
Ich schaute weg. »Du bringst mich in Verlegenheit«, murmelte ich.
Sie drückte meine Hand. »Mein Vater tadelt mich manchmal deswegen. Er sagt, ich sei zu neugierig, aber meine Gedanken sprudeln ständig über, und ich sage immer gleich, was ich denke. Es wäre wohl besser, wenn ich öfter den Mund halten würde.«
Inzwischen waren wir am Platz angekommen, und ich brachte Debbie bis zu ihrer Haustür. Unbeholfen stand ich auf der Treppe und wusste nicht, was ich tun sollte.
Debbie löste das Problem für mich.
»Kommst du noch mit rein?«, fragte sie.
»Sind deine Eltern nicht da?«
»Das geht schon in Ordnung. Es macht ihnen nichts aus. Ich sage ihnen einfach, du bist ein Bekannter von einer Freundin.«
»Na ja«, sagte ich zögernd. »Wenn du meinst.«
»Ja, ich meine«, lächelte sie, dann nahm sie meine Hand und öffnete die Tür.
Ich war fast so aufgeregt wie damals, in jener Nacht, als ich in meiner Heimatstadt in den Keller des alten Kinos hinuntergestiegen war, um dem schlafenden Mr. Crepsley Madame Octa zu stehlen!

KAPITEL 8

Wie sich kurz darauf herausstellte, hatte ich nichts zu befürchten. Debbies Eltern waren ebenso nett wie ihre Tochter. Die beiden hießen Jesse und Donna und wollten nicht, dass ich sie mit Mr. und Mrs. Schierling anredete. Es dauerte nicht lange, da fühlte ich mich bei ihnen wie zu Hause.

»Hallo!«, rief Jesse, der mich als Erster bemerkte, als wir das Wohnzimmer betraten. »Wen haben wir denn da?«

»Mama, Papa, das ist Darren«, sagte Debbie. »Ein Freund von Anne. Ich habe ihn im Kino getroffen und ihn zu uns eingeladen. Geht das in Ordnung?«

»Klar doch«, sagte Jesse.

»Aber sicher«, stimmte ihm Donna zu. »Wir wollten gerade zu Abend essen. Möchtest du mitessen, Darren?«

»Wenn es Ihnen keine Umstände macht«, antwortete ich.

»Überhaupt nicht«, sagte sie fröhlich. »Magst du Rühreier?«

»Sehr gern«, erwiderte ich. Es stimmte zwar nicht so ganz, aber ich dachte mir, etwas Höflichkeit könne nicht schaden.

Beim Essen erzählte ich Jesse und Donna ein wenig von mir.

»Was macht die Schule?«, fragte Jesse, wie schon Debbie kurz zuvor.
»Mein Vater war früher mal Lehrer«, log ich, nachdem ich mir bereits am Vorabend eine Geschichte zurechtgelegt hatte. »Jetzt unterrichtet er Evra und mich.«
»Noch mehr Rührei, Darren?«, fragte Donna.
»Ja, bitte«, sagte ich. »Schmeckt ausgezeichnet.« Das stimmte auch. Viel besser als jedes andere Rührei, das ich je zuvor gegessen hatte. »Was haben Sie denn da alles reingetan?«
»Nur ein paar Kräuter«, meinte Donna und strahlte vor Stolz. »Ich war früher mal Köchin.«
»So jemanden wie Sie könnten wir im Hotel gut gebrauchen«, seufzte ich. »Es schmeckt dort nicht besonders gut.«
Nach dem Essen bot ich an, das Geschirr zu spülen, doch Jesse meinte, er würde das erledigen. »Dabei kann ich mich am Ende eines harten Arbeitstages immer so richtig entspannen«, erläuterte er. »Da gibt's nichts Besseres, als schmutziges Geschirr zu schrubben, Treppengeländer zu wienern oder Staub zu saugen.«
»Meint er das ernst?«, wollte ich von Debbie wissen.
»Eigentlich nicht«, antwortete sie. »Dürfen wir noch ein bisschen hochgehen?«, fragte sie.
»Na, dann los«, sagte Donna. »Aber verplaudert euch nicht zu lange. Du weißt ja, wir haben noch ein paar Kapitel von *Die drei Musketiere* vor uns.«
Debbie verzog das Gesicht. »Einer für alle und alle für einen«, stöhnte sie. »Nicht gerade superspannend!«
»Gefällt dir *Die drei Musketiere* nicht?«, fragte ich.
»Dir etwa?«

»Klar. Ich habe den Film mindestens achtmal gesehen.«
»Aber wolltest du deswegen das Buch lesen?«, seufzte sie.
»Nein, aber ich habe es mal als Comic gelesen.«
Debbie wechselte einen spöttischen Blick mit ihrer Mutter, dann brachen die beiden in lautes Gelächter aus.
»Ich muss jeden Abend ein Stück aus einem so genannten Klassiker lesen«, brummelte Debbie. »Ich hoffe, du kommst nie in die Verlegenheit zu erfahren, wie langweilig diese Wälzer sein können.«
Dann wandte sie sich an ihre Mutter. »Ich komme bald wieder runter«, versprach sie und führte mich nach oben.
Ihr Zimmer befand sich im dritten Stock. Es war ein großer, ziemlich leerer Raum mit geräumigen Einbauschränken und so gut wie keinen Postern oder sonstiger Dekoration.
»Ich mag es nicht, wenn alles so voll ist«, erläuterte Debbie, als sie bemerkte, wie erstaunt ich mich umsah.
In einer Ecke stand ein kahler, künstlicher Weihnachtsbaum. Auch unten im Wohnzimmer hatte ich einen gesehen, ebenso in einigen anderen Zimmern, in die ich auf dem Weg herauf einen Blick werfen konnte.
»Was sollen all diese Bäume?«, fragte ich.
»Papas Idee«, sagte Debbie. »Er mag Weihnachtsbäume, deshalb haben wir in jedem Zimmer einen. Der Schmuck liegt in den kleinen Schachteln darunter.« Sie zeigte auf ein Pappkistchen unter dem Baum. »Am Weihnachtsabend machen wir sie auf und schmücken die Bäume. Dadurch bringt man den Abend auf ange-

nehme Weise herum, und man wird dabei so müde, dass man gleich einschläft, sobald man den Kopf aufs Kissen legt.«
»Hört sich lustig an«, stimmte ich ihr wehmütig zu und erinnerte mich daran, wie es bei uns zu Hause war, als ich mit meiner Familie den Weihnachtsbaum geschmückt hatte.
Debbie musterte mich schweigend. Dann sagte sie. »Wenn du willst, kannst du an Weihnachten zu uns kommen. Du und Evra. Und dein Vater auch. Ihr könnt uns beim Baumschmücken helfen.«
Ich starrte sie verdutzt an. »Meinst du das im Ernst?«
»Klar. Ich muss natürlich erst noch Mama und Papa fragen, aber ich kann mir nicht vorstellen, dass sie was dagegen haben. Wir hatten schon mal Freunde da, die uns dabei geholfen haben. Außerdem macht es mit vielen Leuten auch mehr Spaß.«
Ich fühlte mich sehr geschmeichelt, dass sie mich gefragt hatte, zögerte aber, die Einladung anzunehmen.
»Soll ich sie gleich fragen?«, schlug Debbie vor.
»Ich weiß nicht, ob wir an Weihnachten noch hier sind. Mr. Cre… mein Vater ist unberechenbar. Er folgt seiner Arbeit überallhin, egal wann.«
»Das Angebot steht jedenfalls«, meinte sie. »Wenn du kommst, freue ich mich. Wenn nicht …« Sie zuckte die Achseln. »Dann schaffen wir es auch ohne euch.«
Wir unterhielten uns über Weihnachtsgeschenke. »Kaufst du Evra noch den CD-Spieler?«, wollte Debbie wissen.
»Ja. Und ein paar CDs dazu.«
»Bleibt noch dein Vater«, sagte sie: »Was willst du ihm schenken?«

Ich überlegte, was Mr. Crepsley wohl gefallen würde. Natürlich hatte ich nicht vor, ihm etwas zu kaufen, denn über ein Geschenk würde er nur die Nase rümpfen, aber es war interessant, zu überlegen, was man ihm kaufen *könnte*. Gab es überhaupt etwas, womit man einem Vampir eine Freude machen konnte?

Auf einmal musste ich grinsen. »Ich weiß etwas«, sagte ich. »Ich kaufe ihm eine Höhensonne.«

»Eine Höhensonne?« Debbie runzelte die Stirn.

»Damit er ein bisschen Farbe kriegt.« Ich musste lachen. »Er ist immer so blass. Weil er so selten an die Sonne kommt.«

Debbie verstand nicht, was es da zu lachen gab. Wie gern hätte ich sie in den Scherz eingeweiht, aber ich traute mich nicht. Allein schon das angewiderte Gesicht des Vampirs wäre es wert gewesen, eine Höhensonne zu besorgen.

»Du hast einen seltsamen Humor«, murmelte Debbie irritiert.

»Glaub mir«, sagte ich, »wenn du meinen Vater kennen würdest, wüsstest du, warum ich so lache.« Wenn ich nach Hause kam, musste ich sofort Evra von meiner Idee erzählen. Er würde sich bestimmt darüber kringeln.

Wir unterhielten uns noch eine Stunde oder so, dann war es Zeit für mich zu gehen.

»Und?«, fragte Debbie, als ich mich erhob. »Bekomme ich keinen Abschiedskuss?«

Ich dachte, mich trifft der Schlag.

»Ich … äh … also … das ist …« Ich stotterte wie ein kaputter Außenbordmotor.

»*Willst* du mich denn nicht küssen?«, fragte Debbie.

»Doch!«, stieß ich keuchend hervor. »Es ist nur … ich … ähm …«
»Na dann eben nicht«, sagte sie achselzuckend. »Ist mir auch egal.« Sie stand auf. »Ich bring dich noch zur Tür.«
Wir gingen rasch nach unten. Ich wollte mich noch von Jesse und Donna verabschieden, aber Debbie gab mir keine Gelegenheit dazu. Sie ging direkt zur Haustür und riss sie auf, noch bevor ich ganz im Mantel war.
»Darf ich morgen wiederkommen?«, fragte ich und kämpfte mit dem linken Ärmelloch.
»Wenn du willst, klar«, sagte sie.
»Hör mal, Debbie«, begann ich, »tut mir Leid, dass ich dich nicht geküsst habe. Ich bin eben …«
»Schüchtern?«, fragte sie mit einem verschmitzten Lächeln.
»Genau«, gab ich zu.
Sie lachte. »Na schön«, meinte sie. »Du darfst mich morgen wieder besuchen. Ich möchte sogar, dass du mich besuchen kommst. Aber beim nächsten Mal bist du ein bisschen mutiger. Abgemacht?« Und damit machte sie mir die Tür vor der Nase zu.

KAPITEL 9

Ich stand noch ewig auf der Treppe und kam mir vor wie der letzte Idiot. Als ich mich schließlich auf den Heimweg ins Hotel machte, merkte ich, dass ich dort eigentlich gar nicht hinwollte. Wahrscheinlich traute ich mich bloß nicht, Evra gegenüber zuzugeben, wie blöd ich mich angestellt hatte. Also drehte ich mehrere Runden um den Platz, atmete die kalte Nachtluft ein und ließ mir das überhitzte Hirn durchpusten.

Morgen schon sollte ich Debbie wieder sehen, aber mit einem Mal hatte ich das Gefühl, als könnte ich unmöglich so lange warten. Nachdem ich meine Entscheidung getroffen hatte, blieb ich vor ihrem Haus stehen und vergewisserte mich, dass mich keiner beobachtete. Ich entdeckte niemanden, und auf Grund meiner überlegenen Sehkraft war ich sicher, dass mich ebenfalls niemand sah.

Ich streifte die Schuhe ab und kletterte an der Regenrinne hoch, die an der Fassade des Hauses vom Boden bis zum Dach aufragte. Debbies Fenster befand sich drei oder vier Meter vom Regenrohr entfernt, so dass ich, als ich mich auf gleicher Höhe befand, meine Nägel in die Backsteinwand krallte und seitlich hinüberkletterte.

Direkt unter ihrem Fenster blieb ich hängen und wartete, bis sie wieder ins Zimmer kam.

Ungefähr zwanzig Minuten später ging das Licht an. Ich klopfte mit dem Fingerknöchel an die Scheibe, zuerst vorsichtig, dann ein bisschen energischer. Schritte näherten sich.
Debbie zog den Vorhang ein Stück zur Seite und schaute verdutzt in die Dunkelheit. Es dauerte ein paar Sekunden, bis sie nach unten blickte und mich entdeckte. Doch dann wäre sie vor Schreck fast umgekippt.
»Mach das Fenster auf!«, sagte ich, wobei ich die Worte überdeutlich mit den Lippen formte, falls sie mich nicht hören konnte.
Sie nickte, ging in die Knie und schob die untere Hälfte des Fensters nach oben.
»Was *machst* du da?«, zischte sie. »Woran hältst du dich überhaupt fest?«
»Ich schwebe«, sagte ich scherzhaft.
»Du spinnst«, sagte Debbie. »Wenn du abrutschst, fällst du runter.«
»Nein, ich bin hier absolut sicher«, beruhigte ich sie. »Ich bin ein guter Kletterer.«
»Du wirst noch erbärmlich erfrieren«, meinte sie, als sie meine nackten Füße sah. »Wo hast du deine Schuhe? Komm schnell rein, bevor du noch …«
»Ich will gar nicht reinkommen«, unterbrach ich sie. »Ich bin hier heraufgeklettert, weil … also … ich …« Ich holte tief Luft. »Steht das Angebot noch?«
»Welches Angebot?«, fragte sie zurück.
»Das mit dem Kuss.«
Debbie blinzelte, dann lächelte sie. »Du spinnst wirklich«, gluckste sie.
»Komplett durchgedreht«, pflichtete ich ihr bei.

»Nur deshalb hast du das alles auf dich genommen?«, fragte sie.
Ich nickte.
»Du hättest auch einfach an die Tür klopfen können.«
»Auf die Idee bin ich gar nicht gekommen«, grinste ich. »Also – wie sieht's aus?«
»Ich finde, du hast dir einen verdient«, erwiderte sie, »aber ganz schnell, ja?«
»Einverstanden.«
Debbie streckte den Kopf heraus. Ich beugte mich mit wild pochendem Herzen nach vorne und gab ihr einen raschen Kuss auf die Lippen.
Sie lächelte. »Na, hat sich die Kletterei gelohnt?«
»Allerdings«, sagte ich. »Hier kommt noch einer.«
Sie küsste mich so zärtlich, dass ich beinahe den Halt an der Hauswand verloren hätte.
Als sie sich zurückzog, lächelte sie geheimnisvoll. Im dunklen Glas der Fensterscheibe sah ich mich wie einen Vollidioten grinsen.
»Bis morgen, Romeo«, sagte sie.
»Bis morgen«, seufzte ich glücklich.
Sie schloss das Fenster und zog den Vorhang wieder zu. Zufrieden mit mir und meiner Tat kletterte ich wieder nach unten und hüpfte frohgemut zu unserem Hotel. Erst als ich fast dort war, fielen mir meine Schuhe wieder ein. Ich rannte zurück, fand sie unversehrt vor Debbies Haus stehen, schüttelte den Schnee ab und zog sie wieder an.

Bis ich wieder im Hotel war, hatte ich mich einigermaßen beruhigt. Evra hockte vor dem Fernseher, starrte

gebannt auf den Bildschirm und nahm kaum wahr, dass ich zurück war.
»Hallo! Ich bin wieder da«, sagte ich und zog den Mantel aus. Er gab keine Antwort. »Ich bin wieder da!«, wiederholte ich, diesmal lauter.
»Hmm«, grunzte er und winkte mir zerstreut zu.
»Na, du bist mir vielleicht einer«, fauchte ich beleidigt. »Ich dachte, du brennst vor Neugier darauf, wie der Abend gelaufen ist. Aber jetzt weiß ich ja Bescheid. In Zukunft gehe ich ...«
»Hast du die Nachrichten gesehen?«, unterbrach mich Evra in aller Ruhe.
»Du hast es vielleicht noch nicht mitgekriegt, mein junger Freund Evra Von«, sagte ich sarkastisch, »aber heutzutage wird im Kino keine Wochenschau mehr gezeigt. Willst du jetzt erfahren, wie es mir bei meiner Verabredung ergangen ist, oder nicht?«
»Das hier solltest du dir anschauen«, meinte Evra.
»Was denn?«, fragte ich irritiert. Ich ging um ihn herum und sah, dass er eine Nachrichtensendung angeschaltet hatte. »Die Nachrichten?« Ich lachte. »Mach das aus, Evra, dann erzähle ich dir von ...«
»Darren!«, fuhr mich mein Freund mit ungewohnter Schärfe an. Er sah auf, und erst jetzt bemerkte ich, dass sein Gesicht von Sorge zerfurcht war. »Schau dir lieber das hier an«, sagte er abermals, nur diesmal langsamer, und jetzt wurde mir klar, dass er keinen Quatsch machte.
Ich setzte mich neben ihn und richtete den Blick auf den Bildschirm. Dort war ein Gebäude zu sehen, zuerst von außen, dann wurde nach drinnen überblendet, wo die Kamera über die Wände streifte. Der Text am

oberen Bildrand informierte uns darüber, dass es sich um Archivbilder handelte, das hieß, die Aufnahmen waren irgendwann in der Vergangenheit gemacht worden. Ein Reporter quatschte irgendetwas über das Gebäude.

»Was soll das?«, fragte ich.

»Dort haben sie die Leichen gefunden«, erwiderte Evra leise.

»Welche Leichen?«

»Guck hin!«, sagte er.

Die Kamera kam in einem dunklen Raum zur Ruhe, der nicht anders als die anderen aussah, verweilte dort einige Sekunden, bis das Bild abermals überblendet wurde und das Gebäude wieder von außen zu sehen war. Jetzt verriet uns der Text, dass diese Aufnahmen am heutigen Tag gefilmt wurden. Ich sah mehrere Polizisten und Sanitäter aus dem Gebäude kommen. Sie schoben fahrbare Bahren vor sich her, auf denen jeweils ein regloses, mit einem Tuch zugedecktes Etwas lag.

»Sind das echte …?«

»Leichen«, bestätigte Evra. »Bis jetzt sechs Stück. Die Polizei ist immer noch dabei, das Gebäude zu durchsuchen.«

»Und was hat das mit uns zu tun?«, fragte ich unsicher.

»Hör zu.« Er drehte lauter.

Jetzt sprach eine Reporterin in die Kamera. Sie war live auf Sendung und berichtete, wie die Polizei auf die Leichen gestoßen war. Einige Jugendliche hatten sie zufällig gefunden, als sie bei einer Art Mutprobe in dem Haus herumirrten. Dann berichtete die Frau,

wann und wie die Suche sich ausgeweitet hatte. Sie sah ziemlich niedergeschlagen aus.
Der Nachrichtensprecher im Studio fragte die Reporterin etwas hinsichtlich der Leichen, woraufhin sie den Kopf schüttelte.
»Nein«, antwortete sie, »die Polizei hat noch keine Namen bekannt gegeben und wird damit noch warten, bis die Angehörigen der Toten benachrichtigt wurden.«
»Haben Sie mehr über die Todesursache der Opfer erfahren können?«, wollte der Nachrichtensprecher wissen.
»Nein«, erwiderte die Reporterin. »Die Polizei hat eine Nachrichtensperre verhängt. Wir können lediglich auf die ersten Berichte zurückgreifen. Die sechs Toten, von denen wir noch nicht wissen, ob es sich um Männer oder Frauen handelt, scheinen die Opfer eines Serienmörders oder irgendeines Opferkults geworden zu sein. Von den beiden letzten Leichen, die geborgen wurden, können wir es noch nicht mit Sicherheit sagen, aber die ersten vier weisen ausnahmslos die gleichen ungewöhnlichen Wunden und denselben ungewöhnlichen Zustand auf.«
»Würden Sie uns noch einmal erklären, um welchen Zustand es sich dabei handelt?«, bat der Sprecher im Studio.
Die Reporterin nickte. »Bei allen Opfern – zumindest bei den ersten vier – war die Kehle durchtrennt, was auch die Todesursache zu sein scheint. Abgesehen davon sieht es aus, aber dazu muss ich sagen, dass es sich hierbei noch um eine sehr frühe, unbestätigte Information handelt, dass man den Toten das gesamte Blut entzogen hat.«

»Vielleicht ausgesaugt oder ausgepumpt?«, schlug der Sprecher vor.
Die Frau zuckte die Schultern. »Momentan kann niemand genauere Auskunft darüber geben, ausgenommen die Polizei.« Sie machte eine kleine Pause. »Und natürlich der Mörder.«
Evra schaltete den Ton aus, ließ das Bild aber weiterlaufen. »Na, kapiert?«, fragte er leise.
»O nein«, keuchte ich. Ich dachte sofort an Mr. Crepsley, der sich seit unserer Ankunft jede Nacht in der Stadt herumgetrieben hatte, ohne uns von seinem Tun zu erzählen. Ich dachte an die sechs Leichen und an die Kommentare der Reporterin und des Nachrichtensprechers: »das gesamte Blut entzogen«, »vielleicht ausgesaugt oder ausgepumpt«.
»Mr. Crepsley«, sagte ich. Dann starrte ich sehr lange auf den Bildschirm und fühlte mich außer Stande, noch etwas zu sagen.

KAPITEL 10

Die Hände zu Fäusten geballt, marschierte ich wütend im Hotelzimmer auf und ab. Evra sah mir schweigend zu.

»Ich bringe ihn um«, murmelte ich schließlich. »Ich warte, bis es Tag wird, ziehe die Vorhänge zurück, treibe ihm einen Pflock durchs Herz, schlage ihm den Kopf ab und zünde ihn an.«

»Du willst wohl absolut kein Risiko eingehen, was?«, meinte Evra trocken. »Vermutlich löffelst du auch noch sein Gehirn aus und stopfst ihm Knoblauch in den leeren Schädel.«

»Wie kannst du jetzt Witze reißen?«, fuhr ich ihn an.

Evra zögerte. »Vielleicht war er's gar nicht.«

»Ich bitte dich!«, blaffte ich. »Wer soll es denn sonst gewesen sein?«

»Keine Ahnung.«

»Das Blut wurde ihnen ausgesaugt!«, brüllte ich.

»Behaupten die Reporter«, korrigierte Evra. »Aber sicher sind sie nicht.«

»Wir sollen wohl noch abwarten?«, schnaufte ich. »Bis er die nächsten fünf oder sechs umgelegt hat, ja?«

Evra seufzte. »Ich weiß auch nicht, was wir tun sollen«, meinte er. »Aber ich finde, wir sollten erst Beweise haben, bevor wir ihm auflauern. Jemandem den Kopf abhacken ist eine ziemlich endgültige Angelegenheit.

Wenn wir später herausfinden, dass wir uns getäuscht haben, gibt es kein Zurück mehr. Wir können ihm den Kopf nicht wieder ankleben und sagen: ›Entschuldigung, tut uns echt Leid, war nicht so gemeint, bitte nicht böse sein.‹«

Er hatte Recht. Es wäre verkehrt gewesen, Mr. Crepsley ohne jeden Beweis zu töten. Aber er musste der Täter sein! Jede Nacht trieb er sich draußen herum, er benahm sich so komisch und erzählte uns nie, was er die ganze Zeit eigentlich machte. Es passte alles zusammen!

»Da wäre noch etwas«, warf Evra ein. Ich sah auf ihn hinunter. »Angenommen, Mr. Crepsley ist wirklich der Mörder.«

»Ich kann mir das nur zu gut vorstellen«, stöhnte ich.

»Warum hätte er es tun sollen?«, fragte er. »Es ist nicht seine Art. Ich kenne ihn schon länger als du, und noch nie zuvor habe ich gesehen oder gehört, dass er etwas Derartiges getan hätte. Er ist kein Killer.«

»Er hat mit Sicherheit gemordet, als er noch Obervampir war«, sagte ich. Ich hatte Evra von meiner Unterhaltung mit Gavner Purl erzählt.

»Mit Sicherheit«, nickte mein Freund. »Damals hat er böse Vampire getötet, die den Tod verdienten. Ich sage ja nur: Falls er diese sechs Leute wirklich umgebracht hat, dann war es vielleicht ebenfalls notwendig, sie zu töten. Vielleicht waren es Vampire.«

Ich schüttelte den Kopf. »Mr. Crepsley ist schon seit Jahren kein Obervampir mehr.«

»Vielleicht hat ihn Gavner Purl dazu überredet«, meinte Evra. »Wir wissen doch so gut wie nichts über die

Obervampire, und noch weniger über ihre Methoden. Vielleicht ist Mr. Crepsley ja deshalb hierher gekommen.«

Es hörte sich einigermaßen vernünftig an, aber ich war trotzdem nicht überzeugt.

»Sechs bösartige Vampire, die in derselben Stadt ihr Unwesen treiben?«, fragte ich. »Wie wahrscheinlich ist das wohl?«

»Woher soll ich das wissen?«, antwortete Evra. »Weißt *du*, wie ein böser Vampir tickt? *Ich* nicht. Vielleicht bilden sie Banden.«

»Und Mr. Crepsley hat sie ganz allein fertig gemacht?«, fragte ich. »Vampire sind nicht so einfach zu töten. Er hätte schon alle Hände voll damit zu tun, sechs Menschen umzubringen ... aber sechs Vampire? Niemals.«

»Wer sagt denn, dass er allein war? Vielleicht hat ihm Gavner Purl geholfen. Vielleicht sind zur Zeit jede Menge Obervampire in der Stadt.«

»Deine Argumente werden immer schwächer«, behauptete ich.

»Gut möglich«, sagte Evra, »aber das heißt noch lange nicht, dass sie falsch sind. *Wir wissen es eben nicht*, Darren. Du kannst Mr. Crepsley nicht einfach auf Verdacht umbringen. Wir müssen abwarten. Denk mal darüber nach, dann merkst du selber, dass ich Recht habe.«

Ich beruhigte mich ein wenig und dachte nach. »Na schön«, seufzte ich schließlich. »Bis wir das Gegenteil beweisen können, ist er von mir aus unschuldig. Aber was bleibt uns schon anderes übrig? Sollen wir einfach so tun, als wäre nichts geschehen? Ihn bei der

Polizei anzeigen? Es ihm einfach auf den Kopf zusagen?«
»Wenn wir noch im Cirque du Freak wären«, überlegte Evra, »könnten wir es Meister Riesig erzählen und die Sache ihm überlassen.«
»Aber wir sind hier nicht im Cirque«, erinnerte ich ihn.
»Nein«, bestätigte er. »Wir sind ganz auf uns allein gestellt.« Seine schmalen Augen wurden noch schmaler, als er darüber nachgrübelte. »Wie wäre es damit? Wir verfolgen ihn jede Nacht, wenn er ausgeht, und stellen fest, wohin er geht und was er dort macht. Wenn wir herausfinden, dass er der Mörder ist und seine Opfer normale Menschen sind, bringen wir ihn um.«
»Würdest du das wirklich tun?«, fragte ich.
Evra nickte. »Ich habe noch nie getötet«, sagte er leise, »und ich mag nicht einmal daran denken. Aber wenn Mr. Crepsley ohne triftigen Grund Menschen umbringt, dann helfe ich dir dabei, ihn zu töten. Lieber würde ich es jemand anderem überlassen, aber da kein anderer da ist ...«
Er hatte eine entschlossene Miene aufgesetzt, und ich wusste, dass ich mich auf ihn verlassen konnte. »Aber wir müssen absolut sicher sein«, ermahnte er mich. »Besteht auch nur der Hauch eines Zweifels, dürfen wir es nicht tun.«
»Einverstanden«, sagte ich.
»Und wir müssen uns einig sein«, fügte Evra hinzu. »Du musst mir versprechen, dass du ihn nicht ohne meine Zustimmung umbringst.«
»Na gut.«
»Ich meine es ernst! Wenn Mr. Crepsley meiner Meinung nach unschuldig ist, du ihn aber trotzdem töten

willst, werde ich alles tun, um dich davon abzuhalten. Selbst, wenn ich dich dabei ...« Er ließ seine Drohung unausgesprochen stehen.
»Keine Sorge«, sagte ich. »Ich bin auch nicht unbedingt versessen darauf. Ich habe mich an Mr. Crepsley gewöhnt. Mir ist nicht sehr wohl bei dem Gedanken, ihn töten zu müssen.«
Das stimmte. Mir wäre es lieber gewesen, meine Vermutungen würden sich als ungerechtfertigt erweisen, doch ich hatte das schreckliche Gefühl, dass es nicht so kommen würde.
»Ich hoffe, wir täuschen uns«, meinte auch Evra. »Zu beschließen, ihn zu töten, ist leicht; es zu tun wesentlich schwieriger. Er gehört nicht zu denen, die einfach so daliegen und sich nicht wehren, wenn sie angegriffen werden.«
»Darüber zerbrechen wir uns später den Kopf«, erwiderte ich. »Jetzt drehen wir erst mal den Ton wieder lauter. Wenn wir Glück haben, löst die Polizei den Fall, und es handelt sich lediglich um einen durchgedrehten Menschen, der zu viele Dracula-Filme gesehen hat.«
Ich setzte mich neben Evra auf die Couch, und wir verbrachten den Rest des Abends damit, die Nachrichten zu verfolgen. Wir redeten nur wenig miteinander. Wir warteten darauf, dass der Vampir – der Mörder? – zurückkehrte.

KAPITEL 11

Mr. Crepsley zu beschatten war alles andere als einfach. In der ersten Nacht verloren wir ihn schon nach wenigen Minuten aus den Augen. Er flitzte eine Feuerleiter hinauf, und bis wir ihm gefolgt und oben angekommen waren, konnten wir ihn nirgendwo mehr entdecken. In der Hoffnung, ihm zufällig zu begegnen, streiften wir noch mehrere Stunden durch die Stadt, bekamen die ganze Nacht über jedoch nicht mal mehr einen Zipfel seines Umhangs zu Gesicht.

Eine Erfahrung, aus der wir lernten. Am folgenden Tag ging ich, während Mr. Crepsley schlief, zwei Handys kaufen. Evra und ich probierten sie vor Einbruch der Dämmerung aus. Sie funktionierten ganz gut.

Als Mr. Crepsley in dieser Nacht auf die Dächer stieg, blieb Evra unten auf der Straße. Er konnte sich nicht so schnell bewegen wie ich, und wenn ich keine Rücksicht auf ihn nehmen musste, war es mir möglich, meinem Lehrer auf den Fersen zu bleiben und die Information an Evra weiterzugeben, der uns unten durch die Straßen folgte.

Aber selbst allein war es nicht leicht, mit dem Vampir Schritt zu halten. Mr. Crepsley konnte sich viel schneller als ich fortbewegen. Zum Glück wusste er nicht, dass ich ihn verfolgte, deshalb sah er sich nicht genötigt, sich mit Höchstgeschwindigkeit fortzubewegen.

In jener Nacht schaffte ich es, drei Stunden lang in Sichtweite zu bleiben, bevor ich ihn doch noch aus den Augen verlor, als er sich plötzlich auf die Straße hinunterließ und ein paar Haken schlug, mit denen er mich abhängte. In der folgenden Nacht klebte ich bis zum Morgengrauen an seinen Fersen. Danach kam es mal so, mal so: In manchen Nächten entwischte er mir innerhalb einer Stunde, in anderen blieb ich bis zum Tagesanbruch auf seiner Fährte.
In den Nächten, in denen ich ihn beschattete, geschah jedoch nicht viel. Manchmal hielt er sich Ewigkeiten an einer Stelle auf und hockte hoch über einer Menschenmenge, die er regungslos beobachtete (wählte er etwa sein nächstes Opfer aus?). Ein anderes Mal streifte er unablässig durch die Stadt. Seine Wege waren unberechenbar. Manchmal legte er zwei- oder dreimal hintereinander die gleiche Strecke zurück, dann wieder schlug er jede Nacht eine völlig andere Richtung ein. Man konnte seine Route unmöglich vorhersagen.
Evra war jeden Morgen völlig erschöpft. Ich vergaß immer wieder, dass er nicht über meine Kraftreserven verfügte. Aber er beschwerte sich nie. Als ich ihm vorschlug, ein paar Nächte zu Hause zu bleiben, schüttelte er den Kopf und bestand darauf mitzukommen.
Vielleicht befürchtete er, ich würde Mr. Crepsley töten, wenn er nicht dabei war.
Vielleicht lag er damit ja gar nicht so falsch.
Seit den sechs Toten aus dem alten Gebäude waren keine weiteren Leichen mehr aufgetaucht. Es hatte sich bestätigt, dass allen Opfern sämtliches Blut aus dem Körper gezapft worden war und dass es sich um ganz gewöhnliche Menschen gehandelt hatte: zwei

Männer und vier Frauen. Alle waren noch jung, nicht älter als 27, und sie stammten aus verschiedenen Stadtvierteln.
Evra war seine Enttäuschung anzumerken, als er hörte, dass die Opfer normale Menschen gewesen waren. Für uns wäre es wesentlich einfacher gewesen, hätte es sich um Vampire gehandelt.
»Könnten Ärzte überhaupt zwischen einem Menschen und einem Vampir unterscheiden?«, fragte er.
»Aber klar«, erwiderte ich.
»Und wie?«
»Unterschiedliche Blutsorten.«
»Aber sie hatten doch kein Blut mehr in sich«, rief er mir in Erinnerung.
»Auch ihre Zellen wären anders. Die Atome von Vampiren verhalten sich sehr eigenartig – deshalb kann man sie auch nicht fotografieren. Außerdem haben sie besonders kräftige Nägel und Zähne. Das würde einem Arzt sofort auffallen, Evra.«
Ich versuchte, weiterhin unvoreingenommen zu bleiben. Seit wir ihn verfolgten, hatte Mr. Crepsley niemanden umgebracht, was ein viel versprechendes Zeichen war. Andererseits wartete er vielleicht auch nur, bis sich die ganze Aufregung gelegt hatte, bevor er erneut zuschlug. Momentan schrillten jedenfalls die Alarmglocken sofort, wenn jemand spät von der Schule oder von der Arbeit nach Hause kam.
Oder vielleicht hatte der Vampir doch getötet. Vielleicht wusste er, dass wir ihm auf den Fersen waren, und schlug nur zu, wenn er sicher sein konnte, dass wir ihn aus den Augen verloren hatten. Es war unwahrscheinlich, aber ich schloss den Gedanken nicht völlig

aus. Wenn er wollte, konnte Mr. Crepsley ganz schön verschlagen sein. Ihm traute ich so ziemlich alles zu.

Obwohl ich fast den ganzen Tag über schlief, um nachts fit zu sein, achtete ich darauf, ein paar Stunden vor Sonnenuntergang aufzustehen, um wenigstens ein bisschen Zeit für Debbie zu haben. Meistens ging ich zu ihr, und wir saßen in ihrem Zimmer, hörten Musik und unterhielten uns, denn ich wollte meine Kräfte für die bevorstehenden nächtlichen Verfolgungsjagden aufsparen. Manchmal gingen wir auch spazieren oder streiften durch die Geschäfte.

Ich hatte mir fest vorgenommen, mir meine Freundschaft zu Debbie nicht von Mr. Crepsley kaputtmachen zu lassen. Ich war sehr gerne mit ihr zusammen. Sie war meine erste Freundin. Obwohl ich wusste, dass wir uns früher oder später trennen mussten – eher früher, denn ich vergaß nie, wer ich wirklich war –, unternahm ich nichts, was uns noch mehr von unserer gemeinsamen Zeit gestohlen hätte. Meine Nächte hatte ich geopfert, um Mr. Crepsley zu verfolgen. Ich hatte nicht vor, mir auch noch meine Tage nehmen zu lassen.

»Warum kommst du abends nicht mehr vorbei?«, fragte sie mich an einem Samstag, als wir gerade aus einer Kinonachmittagsvorstellung kamen. Ich war früher als gewöhnlich aufgestanden, um den Tag mit ihr zu verbringen.

»Ich fürchte mich im Dunkeln«, wisperte ich.

»Mach keinen Quatsch!«, sagte sie und zwickte mich in den Arm.

»Mein Vater möchte nicht, dass ich mich nachts draußen herumtreibe«, flunkerte ich. »Er hat ein schlechtes

Gewissen, weil er tagsüber nicht bei uns ist. Deshalb will er, dass Evra und ich wenigstens am Abend mit ihm zusammen sind und ihm erzählen, was wir so alles erlebt haben.«

»Er hat doch bestimmt nichts dagegen, wenn du ab und zu mal ausgehst«, protestierte Debbie. »Bei unserer ersten Verabredung hat er dich ja auch weggelassen, oder?«

Ich schüttelte den Kopf. »Da bin ich heimlich abgehauen«, log ich. »Er war ganz schön wütend, als er es gemerkt hat, und hat mich zu einer ganzen Woche Hausarrest verdonnert. Deshalb habe ich dich ihm auch noch nicht vorgestellt. Er ist immer noch stinksauer.«

»Klingt ja, als wär er ein richtiges Ekel«, meinte Debbie.

»Ist er auch manchmal«, nickte ich und seufzte. »Aber was soll ich machen? Schließlich ist er mein Vater. Ich kann mir keinen anderen aussuchen.«

Ich log sie nur ungern an, aber ich hätte ihr ja schlecht die Wahrheit sagen können. Als ich mir vorstellte, wie ich sie über alles aufklärte, musste ich grinsen. »Der Typ soll mein Vater sein? Ach was! Der ist ein Vampir. Ach ja, und außerdem glaube ich, dass er derjenige ist, der diese sechs Leute umgebracht hat.«

»Warum grinst du so?«, wollte Debbie wissen.

»Nur so«, erwiderte ich rasch und wischte mir das Lächeln vom Gesicht.

Es war ein eigenartiges Doppelleben, aber es gefiel mir. Tagsüber war ich der normale Junge, in der Nacht ein zu allem entschlossener Vampirjäger. Noch vor einem Jahr hätte mich das alles sehr verwirrt. Ich hätte mich unruhig im Schlaf hin und her gewälzt und mir Sorgen gemacht, was wohl die nächste Nacht bringen mochte; ich hätte den Appetit verloren, und ich wäre deprimiert gewesen; vielleicht hätte ich mich ausschließlich auf eine Sache konzentriert und mich nicht mehr mit Debbie verabredet.

Aber das war vorbei. Meine Erfahrungen mit Mr. Crepsley und dem Cirque du Freak hatten mich verändert. Ich war in der Lage, zwei verschiedene Rollen zu spielen. Eigentlich gefiel mir diese Abwechslung sogar: Wenn ich des Nachts den Vampir verfolgte, kam ich mir erwachsen und wichtig vor – Darren Shan, der Beschützer der schlafenden Stadt! –, und wenn ich mich am Nachmittag mit Debbie verabredete, durfte ich mich wie ein ganz normaler Menschenjunge geben. Ich hatte das Beste zweier Welten.

Das alles nahm ein jähes Ende, als Mr. Crepsley sich auf sein nächstes Opfer stürzte. Auf den dicken Mann.

KAPITEL 12

Zuerst war mir gar nicht klar, dass Mr. Crepsley jemand Bestimmten verfolgte. Er hing schon seit fast einer Stunde lauernd über einer gut besuchten Einkaufsstraße und beobachtete die Käufer. Mit einem Mal kletterte er ohne jede Vorwarnung auf das Dach des Gebäudes, an dessen Wand er sich festgeklammert hatte, und rannte zur gegenüberliegenden Seite.

Ich tippte Evras Nummer ein. Er rief mich nie an, aus Angst, der Vampir könnte das Klingeln hören. »Er hat sich wieder in Bewegung gesetzt«, zischte ich.

»Wird auch langsam Zeit«, grummelte mein Freund. »Es gefällt mir überhaupt nicht, wenn er stehen bleibt. Du kannst dir nicht vorstellen, wie kalt es hier unten wird, wenn man sich nicht bewegt.«

»Hol dir was Warmes zu essen«, schlug ich vor. »Er geht nicht sehr schnell. Ich denke, du kannst dir fünf oder zehn Minuten gönnen.«

»Sicher?«, vergewisserte sich Evra.

»Ja«, antwortete ich. »Wenn was passiert, rufe ich wieder an.«

»Also gut«, willigte er ein. »Dann besorge ich mir ein Würstchen und eine Tasse Kaffee. Soll ich dir was mitbringen?«

»Nein, danke«, erwiderte ich. »Ich melde mich wieder.

Bis dann.« Ich schaltete das Gerät aus und machte mich an die Verfolgung des Vampirs.
Wenn ich hinter Mr. Crepsley her war, aß ich nicht gerne solches Zeug wie heiße Würstchen, Hamburger oder Pommes. Mit seiner feinen Nase witterte er derartig strenge Gerüche mit Leichtigkeit. Um meinen Hunger zu betäuben, kaute ich drei Scheiben trockenes Brot, was so gut wie keinen Geruch verströmte. Zum Trinken hatte ich in einer kleinen Flasche normales Leitungswasser dabei.
Nach einigen Minuten wurde ich neugierig. In den anderen Nächten hatte Mr. Crepsley entweder bewegungslos an einer Stelle verharrt oder war ziellos umher gestreift. Heute hatte er zweifellos etwas Bestimmtes vor.
Ich beschloss, mich näher an ihn heranzupirschen. Es war gefährlich, besonders, da er es nicht eilig hatte und mich auf diese Weise leichter entdecken konnte, aber ich musste herausfinden, was er im Schilde führte.
Nachdem ich den Abstand um ein Drittel verringert hatte – näher traute ich mich nicht heran –, sah ich, wie er den Kopf über den Rand des Daches streckte und die Straße darunter beobachtete.
Ich warf ebenfalls einen Blick auf die hell erleuchtete Straße, konnte jedoch nicht erkennen, auf wen er es abgesehen hatte. Erst als er über einer Straßenlaterne innehielt, sah ich unter der Laterne den dicken Mann, der sich die Schnürsenkel festzog.
Das war's! Mr. Crepsley war hinter dem dicken Mann her! So, wie der Vampir den Mann anstarrte und wartete, bis er sich die Schuhe gebunden hatte und seinen Weg fortsetzte, wusste ich genau, was er vorhatte. Als

sich der Dicke schließlich erhob und weiterging, setzte sich auch Mr. Crepsley wieder in Bewegung.
Nach ein paar Schritten rief ich Evra an.
»Was gibt's?«, meldete er sich. Ich hörte, wie er sein Würstchen mampfte. Im Hintergrund waren Stimmen auszumachen.
»Es geht los«, sagte ich einfach.
»Ach du grüne Neune!«, keuchte Evra. Ich bekam mit, wie er das Würstchen fallen ließ und sich von den Leuten entfernte, um sich besser mit mir unterhalten zu können. »Bist du sicher?«, fragte er.
»Absolut«, antwortete ich. »Er hat seine Beute gefunden.«
»Na gut«, seufzte mein Freund. Er klang nervös, was ich ihm jedoch nicht zum Vorwurf machte. Ich war auch ziemlich nervös. »Na gut«, sagte er noch einmal. »Gib mir deine Position durch.«
Ich las ihm den Straßennamen vor. »Du musst dich nicht beeilen«, beruhigte ich ihn. »Der Mann geht langsam. Bleib ein paar Straßen hinter ihm. Ich will nicht, dass Mr. Crepsley dich entdeckt.«
»Meinst du, ich?«, schnaubte Evra. »Halt mich auf dem Laufenden.«
»Mach ich«, versprach ich, schaltete aus und verfolgte den pirschenden Vampir.
Er begleitete den Mann bis zu einem großen Gebäude, in dem der Dicke verschwand. Mr. Crepsley wartete geduldig eine halbe Stunde, dann ging er um das Gebäude herum und überprüfte sorgfältig Fenster und Türen. Ich folgte ihm in gebührendem Abstand, stets darauf gefasst, loszustürmen, falls er das Gebäude betrat.

Was er aber nicht tat. Stattdessen zog er sich, nachdem er alles genau untersucht hatte, auf ein gegenüberliegendes Dach zurück, von wo aus er sämtliche Eingänge im Blick hatte, hockte sich hin und wartete.

Ich teilte Evra mit, was vor sich ging.

»Er sitzt einfach nur da?«, fragte der Schlangenjunge.

»Er sitzt da und beobachtet«, bestätigte ich.

»Was ist das für ein Gebäude?«

Im Vorübergehen hatte ich den Schriftzug auf den Wänden gelesen und auch in einige Fenster gespäht, aber ich hätte Evra auch so sagen können, um was für ein Gebäude es sich handelte. Der üble Geruch nach Tierblut, der in der Luft hing, ließ keinen Zweifel zu.

»Es ist ein Schlachthof«, flüsterte ich.

Eine längere Pause. Dann: »Vielleicht will er nur ein paar Schluck Tierblut trinken«, schlug Evra vor.

»Nein. Dann wäre er inzwischen schon längst drinnen. Er ist nicht wegen der Tiere hier. Er hat es auf den Mann abgesehen.«

»Das wissen wir nicht«, beharrte Evra. »Vielleicht wartet er nur, bis der Schlachthof schließt, bevor er sich reinschleicht.«

»Da kann er lange warten«, lachte ich leise. »Er hat die ganze Nacht über geöffnet.«

»Ich komme rauf«, sagte Evra. »Rühr dich nicht von der Stelle, bevor ich bei dir bin.«

»Ich rühr mich von der Stelle, sobald sich Mr. Crepsley bewegt, egal, ob du hier bist oder nicht«, sagte ich, aber Evra hatte die Verbindung bereits unterbrochen und hörte mich nicht mehr.

Ein paar Minuten später war er neben mir. Sein Atem

stank nach Senf und Zwiebeln. »Ab jetzt kriegst du auch nur noch trockenes Brot«, murmelte ich.
»Glaubst du wirklich, Mr. Crepsley kann mich riechen?«, fragte mein Freund besorgt. »Vielleicht ist es besser, wenn ich wieder runterklettere und ...«
Ich schüttelte den Kopf. »Er ist zu dicht am Schlachthof«, sagte ich. »Der Blutgeruch überdeckt alles andere.«
»Wo ist er?«, erkundigte sich Evra. Ich zeigte ihm, wo der Vampir hockte. Der Schlangenjunge musste die Augen zusammenkneifen, doch dann entdeckte er ihn.
»Wir müssen besonders leise sein«, raunte ich. »Schon beim kleinsten Geräusch könnte er sich auf uns stürzen.«
Evra erschauerte, ob nun der Kälte wegen oder bei dem Gedanken, angegriffen zu werden, wusste ich nicht zu sagen. Dann unterhielten wir uns kaum noch.
Wir mussten in unsere Fäuste hauchen, damit der Atem in der Kälte nicht sichtbar wurde. Es wäre besser gewesen, wenn es geschneit hätte, denn der Schnee hätte unsere Atemwolken verborgen – aber es war eine frostklare Nacht.
Wir saßen dort bis drei Uhr morgens. Evra klapperte mit den Zähnen, und ich wollte ihn schon nach Hause schicken, bevor er mir auf diesem Dach noch erfror, als unten der Dicke wieder auftauchte. Auch Mr. Crepsley hatte ihn sofort wahrgenommen.
Zu spät erkannte ich, dass der Vampir auf seinem Rückweg an uns vorbeimusste und wir uns nirgendwo verstecken konnten. Er würde uns sehen!
»Nicht bewegen«, flüsterte ich Evra zu. »Du darfst nicht einmal atmen.«

Mein Lehrer kam direkt auf uns zu, ging gleichmäßigen Schrittes barfuß über die eiskalten Dächer. Ich war mir sicher, dass er uns entdecken würde, aber sein Blick haftete auf dem dicken Mann. Er schlich in nur fünf Meter Entfernung an uns vorbei, sein Schatten kroch wie ein schreckliches Gespenst über mich ... und dann war er weg.

»Ich hab schon gedacht, mir bleibt das Herz stehen«, hauchte Evra zitternd.

Ich vernahm das vertraute Geräusch seines Herzens (sein Schlangenherz schlug etwas langsamer als das eines normalen Menschen) und lächelte. »Nein, alles in Ordnung bei dir«, beruhigte ich ihn.

»Ich dachte schon, jetzt sind wir geliefert«, zischte er.

»Ich auch.« Ich richtete mich auf, um zu sehen, welchen Weg der Vampir eingeschlagen hatte. »Du kletterst besser wieder runter auf die Straße«, sagte ich.

»Er läuft nicht schnell«, erwiderte Evra. »Ich kann dir auch so gut folgen.«

Ich schüttelte den Kopf. »Man kann nie wissen, wann er losdüst. Der Mann könnte in ein Taxi steigen oder von jemandem mitgenommen werden. Und nachdem wir fast aufgeflogen wären, ist es wohl besser, wenn wir uns wieder trennen. Falls einer von uns erwischt wird, kann der andere immer noch schnell ins Hotel zurück und so tun, als hätte er mit der ganzen Sache nichts zu tun.«

Evra musste mir Recht geben und kletterte über die nächste Feuerleiter nach unten. Ich widmete mich wieder der Spur des Vampirs und des dicken Mannes.

Dieser ging den gleichen Weg, den er gekommen war,

wieder zurück, erst durch die jetzt menschenleere Straße, in der wir ihn erspäht hatten, und dann weiter zu einem Wohnblock.
Er wohnte im sechsten Stock, in einer der mittleren Wohnungen. Mr. Crepsley wartete, bis drinnen das Licht ausging, und fuhr dann im Fahrstuhl nach oben. Ich rannte die Treppen hinauf und wartete hinter dem Treppenabsatz verborgen auf ihn.
Ich rechnete damit, dass er die Tür öffnen und einfach hineingehen würde, schließlich stellten Schlösser für einen Vampir kein Hindernis dar, aber er überprüfte lediglich Tür und Fenster. Dann drehte er sich um und betrat wieder den Fahrstuhl.
Ich stürmte die Treppe hinunter und erwischte meinen Lehrer gerade noch, wie er sich gemütlich schlendernd von dem Gebäude entfernte. Ich berichtete Evra, was passiert war und in welche Richtung der Vampir ging. Der Schlangenjunge war kurz darauf bei mir, und gemeinsam folgten wir Mr. Crepsley, der in leichtem Trab durch die Straßen streifte.
»Warum ist er nicht reingegangen?«, wollte Evra wissen.
»Keine Ahnung«, erwiderte ich. »Vielleicht war noch jemand in der Wohnung. Vielleicht hat er auch vor, später wiederzukommen. Eins ist jedoch sicher: Er ist dort nicht hinaufgefahren, um einen Brief abzugeben!«
Bald darauf bogen wir um eine Ecke in eine dunkle Gasse, wo wir Mr. Crepsley über den bewegungslosen Körper einer Frau gebeugt sahen. Evra schnappte nach Luft und wollte sich schon auf ihn stürzen, aber ich riss ihn am Arm zurück.
»*Was soll das?*«, fuhr er mich an. »Hast du das nicht

gesehen? Er hat sie angegriffen! Wir müssen ihn aufhalten, bevor er ...«

»Alles in Ordnung«, beschwichtigte ich. »Das ist kein Angriff. Er trinkt nur ein bisschen Blut.«

Evra wehrte sich nicht mehr. »Sicher?«, fragte er misstrauisch.

Ich nickte. »Er trinkt aus dem Arm der Frau. Bei den Leichen in diesem Gebäude waren die Kehlen durchgeschnitten, schon vergessen?«

Mein Freund nickte unsicher. »Wenn du dich täuschst ...«

»Ich täusche mich nicht«, versicherte ich.

Wenige Sekunden später legte der Vampir die Frau am Straßenrand ab und setzte sich wieder in Bewegung. Hastig beugten wir uns über das Opfer. Wie ich vermutet hatte, war sie zwar bewusstlos, aber am Leben, und eine kleine, frische Wunde auf dem linken Arm war das einzige Zeichen dafür, dass sich jemand an ihr gütlich getan hatte.

»Los, weiter«, raunte ich und erhob mich. »In ein paar Minuten wacht sie auf, da sind wir besser verschwunden.«

»Was machen wir mit Mr. Crepsley?«, fragte Evra.

Ich hob den Blick zum Himmel und schätzte ab, wie lange es noch bis zur Dämmerung dauerte. »Heute Nacht bringt er niemanden mehr um«, sagte ich. »Es ist schon zu spät. Wahrscheinlich ist er bereits unterwegs zum Hotel. Los jetzt – wenn wir nicht vor ihm zurück sind, müssen wir uns eine gute Ausrede überlegen, wo wir uns herumgetrieben haben.«

KAPITEL 13

Bevor es am nächsten Abend dunkel wurde, machte sich Evra zu dem bewussten Wohnblock auf, um den dicken Mann abzupassen. Ich blieb zu Hause, damit ich mich unauffällig an Mr. Crepsleys Fersen heften konnte. Falls er dieselbe Richtung einschlug wie an den vergangenen Abenden, würde ich ihm folgen und später zu Evra stoßen. Falls er diesmal ein anderes Ziel hatte, würden wir uns per Handy noch einmal beraten und entscheiden, ob der Schlangenjunge seinen Beobachtungsposten verlassen sollte.

Kaum war die Sonne untergegangen, erhob sich der Vampir von seinem Lager. Er schien besserer Laune zu sein als sonst, obwohl er auf einer Beerdigung keineswegs fehl am Platz gewirkt hätte.

»Wo ist Evra?«, fragte er mit vollem Mund, während er das Essen hinunterschlang, das ich gekocht hatte.

»Einkaufen«, antwortete ich knapp.

»Ohne dich?« Mr. Crepsley unterbrach seine Mahlzeit. Ich fürchtete schon, er wäre misstrauisch geworden, aber er suchte bloß das Salz.

»Ich glaube, er wollte Weihnachtsgeschenke besorgen«, meinte ich.

»Ich dachte, Evra sei über solche Albernheiten erhaben. Übrigens – der Wievielte ist heute?«

»Der zwanzigste Dezember«, erwiderte ich.

»Der Weihnachtstag ist doch der Fünfundzwanzigste, oder?«
»Ja«, bestätigte ich.
Mr. Crepsley rieb nachdenklich über seine Narbe. »Vielleicht habe ich bis dahin meine Angelegenheiten in dieser Stadt erledigt«, sagte er.
»Ach ja?« Ich versuchte, mir meine Neugier nicht anmerken zu lassen.
»Eigentlich wollte ich danach unverzüglich aufbrechen, aber wenn ihr Weihnachten unbedingt hier verbringen möchtet, können wir meinetwegen noch ein bisschen länger bleiben. Stimmt es, dass das Hotelpersonal eine kleine Feier vorbereitet?«
Ich nickte.
»Und ihr würdet gern daran teilnehmen?«
»Ja.« Ich zwang mich zu lächeln. »Evra und ich besorgen Geschenke füreinander. Wir wollen mit den anderen Gästen essen, Knallbonbons ziehen und uns mit Truthahn vollstopfen. Sie können natürlich auch mitkommen, wenn Sie wollen.« Ich tat so, als würde ich mich darüber freuen.
Mein Lehrer schüttelte lächelnd den Kopf. »Solche Kindereien sind nichts für mich«, lehnte er ab.
»Wie Sie meinen«, gab ich zurück.
Als er aufbrach, folgte ich ihm heimlich.
Überraschenderweise steuerte er auf direktem Wege den Schlachthof an. Vielleicht hatte er es ja gar nicht auf den Dicken abgesehen: Vielleicht interessierte ihn im Schlachthof etwas ganz anderes – oder jemand anders.
Ich besprach die Sachlage über Handy mit Evra.
»Das ist wirklich merkwürdig«, stimmte er zu. »Viel-

leicht will er den Dicken abfangen, wenn er gerade zur Arbeit geht oder Feierabend hat.«

»Vielleicht«, meinte ich zweifelnd. Irgendetwas stimmte nicht. Der Vampir verhielt sich anders als erwartet.

Evra blieb, wo er war, um den dicken Mann im Auge zu behalten. Ich suchte mir ein schönes Versteck in der Nähe eines Warmwasserrohrs, wo es in der Kälte einigermaßen auszuhalten war. Von dort aus hatte ich zwar keinen so guten Blick über das Schlachthofgelände wie am Abend zuvor, aber ich konnte Mr. Crepsley gut sehen, und darauf kam es schließlich an.

Der Dicke erschien zur gewohnten Zeit, dicht gefolgt von Evra. Als ich die beiden bemerkte, kroch ich an den Rand des Daches, um rechtzeitig herunterspringen zu können, falls Mr. Crepsley den Mann angriff. Aber der Vampir blieb, wo er war.

Und das war alles, was in jener Nacht passierte: Mein Lehrer hockte auf seinem Dach, Evra und ich auf unserem, und unter uns summte der Schlachthof vor Geschäftigkeit. Um drei Uhr morgens erschien der dicke Mann wieder und machte sich auf den Heimweg. Wie jede Nacht folgte Mr. Crepsley ihm, und wie jede Nacht folgten wir Mr. Crepsley. Diesmal betrat der Vampir das Haus nicht, aber das war auch die einzige Abweichung vom üblichen Ablauf.

In der folgenden Nacht wiederholte sich das Spiel.

»Was hat er bloß vor?«, wunderte sich Evra. Die Kälte machte ihm allmählich zu schaffen, und er klagte über Wadenkrämpfe. Ich wollte ihn nach Hause schicken, aber er bestand darauf, bis zum Schluss zu bleiben.

»Ich weiß auch nicht«, seufzte ich. »Vielleicht wartet er

einen ganz bestimmten Augenblick ab. Möglicherweise muss der Mond an einer bestimmten Stelle stehen oder so was.«

»Ich dachte immer, Werwölfe wären die einzigen Monster, die sich nach dem Mond richten«, witzelte Evra.

»Ich auch. Aber ich bin mir nicht sicher. Es gibt noch so viel Wissenswertes über Vampire, was Mr. Crepsley mir bis jetzt verschwiegen hat. Genug Stoff für einen dicken Wälzer.«

»Was machen wir, wenn er angreift?«, wechselte mein Freund das Thema. »Glaubst du, wir haben eine Chance, wenn es zum Kampf kommt?«

»Nicht in einem fairen Kampf«, erwiderte ich. »Aber in einem unfairen ...« Ich zog ein langes, rostiges Fleischermesser aus der Jacke und hielt es Evra unter die Nase. Dann steckte ich es wieder ein.

»Wo hast du das denn her?«, japste der Schlangenjunge.

»Ich bin heute ein bisschen auf dem Schlachthofgelände herumgestreunt, um mich mit der Umgebung vertraut zu machen, und habe es in einer Mülltonne gefunden. Wahrscheinlich war es schon zu verrostet.«

»Würdest du es wirklich benutzen?«, fragte Evra leise.

Ich nickte. »Ich schneide ihm die Kehle durch«, zischte ich. »Ich warte, bis er angreift, und dann ...« Ich presste die Lippen zusammen.

»Glaubst du, dass du es schaffst? Er ist verdammt schnell. Wenn du beim ersten Mal nicht triffst, kriegst du wohl kaum eine zweite Chance.«

»Ich muss ihn überrumpeln«, erwiderte ich. »Es klappt bestimmt.« Ich sah Evra an. »Ich weiß, dass wir diese Angelegenheit zusammen regeln wollten, aber wenn der richtige Moment gekommen ist, möchte ich doch lieber allein gehen.«

»Auf keinen Fall!«, zischte er.

»Es muss sein. Du kannst dich weder so schnell noch so lautlos bewegen wie ich. Wenn du mitkommst, vermasselst du bloß alles. Und außerdem«, setzte ich hinzu, »wenn etwas schief läuft und ich keinen Erfolg habe, kannst du einen zweiten Versuch unternehmen. Du brauchst nur zu warten, bis es Tag wird, dann kannst du ihn im Schlaf erledigen.«

»Vielleicht ist das wirklich die beste Lösung«, meinte Evra nachdenklich. »Vielleicht sollten wir *beide* warten. Wir sind vor allem hier, um sicherzugehen, dass Crepsley tatsächlich der gesuchte Mörder ist. Wenn sich dieser Verdacht bestätigt, könnten wir doch in Ruhe abwarten und ...«

»Nein«, erwiderte ich leise, aber entschlossen. »Ich sehe nicht tatenlos zu, wie er diesen Mann umbringt.«

»Du kennst ihn doch gar nicht«, wandte Evra ein. »Vielleicht habe ich ja Recht, und die anderen sechs mussten sterben, weil sie böse waren. Vielleicht ist der Dicke ja ein schlechter Mensch.«

Ich blieb stur. »Das ist mir egal. Ich bin nur Mr. Crepsleys Gehilfe geworden, weil er mir versichert hat, dass er nicht von Natur aus böse ist und keine Menschen tötet. Wenn er tatsächlich ein Mörder ist, habe ich mich bereits mitschuldig gemacht, weil ich ihm die ganze Zeit geglaubt und geholfen habe. Die ersten sechs Morde konnte ich nicht verhindern – aber ich werde alles tun, um Nummer sieben zu vereiteln.«

»Okay«, gab Evra seufzend nach. »Tu, was du für richtig hältst.«

»Du mischst dich nicht ein?«
»Nein«, versprach er.
»Auch wenn ich in Schwierigkeiten gerate und es so aussieht, als brauchte ich Hilfe?«
Er zögerte, aber schließlich nickte er. »Na schön. Nicht mal dann.«
»Du bist wirklich ein guter Freund, Evra«, sagte ich und drückte ihm die Hand.
»Findest du?« Er lächelte säuerlich. »Warte nur, bis Mr. Crepsley dich packt und du um Hilfe schreist, und ich kümmere mich nicht darum. Dann werden wir ja sehen, ob du mich immer noch für einen guten Freund hältst.«

KAPITEL 14

Am Abend des zweiundzwanzigsten Dezember schlug Mr. Crepsley endlich zu.

Evra merkte es zuerst. Ich machte gerade eine kurze Pause, um meinen Augen ein wenig Entspannung zu gönnen – sogar einem Halbvampir brennen die Augenlider, wenn er stundenlang auf denselben Fleck starrt –, als der Schlangenjunge plötzlich hochfuhr und mich am Fußknöchel packte.

»Er rührt sich!«

Ich hechtete vorwärts und sah gerade noch, wie der Vampir auf das Dach des Hauptgebäudes sprang. Lautlos öffnete er ein Fenster und schlüpfte hinein.

»Jetzt wird's ernst!«, zischte ich, sprang auf und machte Anstalten, ihm zu folgen.

»Warte!«, hielt Evra mich zurück. »Ich komme mit.«

»Nein!«, fauchte ich. »Wir waren uns doch einig. Du hast versprochen …«

»Ich komme nicht den ganzen Weg mit«, beschwichtigte Evra. »Aber ich kann nicht hier herumhocken und mich vor lauter Sorgen verrückt machen. Ich warte am Eingang des Gebäudes auf dich.«

Ich hatte keine Zeit, mich mit ihm herumzustreiten, deshalb nickte ich nur kurz und rannte los. Mein Freund lief hinterher, so schnell er konnte.

Vor dem offenen Fenster blieb ich stehen und lauschte.

Der Vampir war nicht zu hören. Evra kam keuchend neben mir zum Stehen. Ich kletterte hinein, er folgte mir.
Wir standen in einem lang gestreckten Raum voller Rohrleitungen. Der Boden war so staubig, dass Mr. Crepsleys Fußabdrücke deutlich zu erkennen waren. Wir folgten ihnen bis zu einer Tür, die sich auf einen gefliesten Gang öffnete. Ab dort verrieten ihn die Staubflocken, die sich unter seinen Schuhsohlen gesammelt hatten.
Wir folgten seiner Spur den Gang entlang und eine Treppe hinunter. Hier war es ruhig – die Arbeiter hielten sich am entgegengesetzten Ende des Gebäudes auf –, aber wir bewegten uns trotzdem mit äußerster Vorsicht: Es wäre zu ärgerlich gewesen, ausgerechnet in jenem Moment geschnappt zu werden.
Als die Staubabdrücke undeutlicher wurden, befürchtete ich, den Vampir zu verlieren. Ich wollte nicht das ganze Gebäude ohne einen Anhaltspunkt absuchen müssen und beschleunigte meinen Schritt. Evra wich nicht von meiner Seite.
Als wir um eine Ecke bogen, erspähte ich plötzlich den wohl bekannten roten Umhang, blieb wie angewurzelt stehen, ging dann rückwärts und zog den Schlangenjungen mit mir.
Mit den Lippen formte ich stumm die Worte: »Sei still!«, und linste vorsichtig um die Ecke, um zu sehen, was Mr. Crepsley im Schilde führte.
Der Vampir hatte sich hinter einem Stapel Kartons versteckt, der an einer Wand aufgetürmt war. Sonst sah ich niemanden, aber ich hörte, dass sich Schritte näherten.

Eine Tür ging auf, und der dicke Mann kam herein. Er hielt ein Klemmbrett in der Hand, blätterte in einigen Zetteln herum und pfiff dabei vor sich hin. Vor einem großen automatischen Rolltor blieb er stehen und drückte auf einen Wandschalter. Knirschend fuhr das Tor nach oben.

Der Dicke hängte das Klemmbrett an einen Haken und betrat den anliegenden Raum. Ich hörte, wie er erneut einen Schalter bediente. Das Rolltor hielt quietschend an und fuhr dann genauso langsam herunter, wie es sich geöffnet hatte.

Mr. Crepsley sprang hinter seinen Kartons hervor und glitt durch den Spalt.

»Geh zurück in den Raum mit den Rohren und versteck dich«, befahl ich Evra. Er wollte widersprechen, aber ich fuhr ihn an: »Los, mach schon! Wenn du hier bleibst, entdeckt er dich, wenn er zurückkommt. Kehr um und warte dort auf mich. Wenn es mir gelingt, ihn aufzuhalten, finde ich dich schon. Wenn nicht …« Ich griff nach seiner Hand und drückte sie fest. »War schön, dich kennen gelernt zu haben, Evra Von.«

»Sei bloß vorsichtig, Darren«, bat Evra, und ich sah, dass er Angst hatte. Nicht um sich selbst. Um *mich*. »Viel Glück.«

»Ich brauche kein Glück«, erwiderte ich tapfer und zog mein Messer. »Ich habe ja das hier.« Noch ein Händedruck, dann glitt ich den Gang entlang und quetschte mich in letzter Sekunde unter dem sich schließenden Tor hindurch. Jetzt war ich mit dem dicken Mann und dem Vampir allein.

Der Raum war voller Tierkadaver, die an Stahlhaken von der Decke baumelten. Damit das Fleisch frisch blieb, wurde er gekühlt.
Es stank Ekel erregend nach Blut. Ich wusste, dass es sich bloß um tote Tiere handelte, aber die Vorstellung von Menschenleichen ließ mich nicht los.
Die Deckenbeleuchtung war gleißend hell, und ich musste höllisch aufpassen: Der kleinste Schatten konnte mein Ende bedeuten. Der Fußboden war glitschig – Wasser? Blut? –, und ich setzte vorsichtig einen Fuß vor den anderen.
Die geschlachteten Tiere waren in einen seltsamen rosigen Schimmer gehüllt, der durch den Widerschein der blendenden Beleuchtung auf ihrer blutigen Oberfläche zustande kam. Ich kam mir vor wie im Alptraum eines Vegetariers!
Zuerst sah ich nur Fleischstücke, aber dann erspähte ich Mr. Crepsley und den dicken Mann und folgte ihnen in einigem Abstand.
Der Mann blieb stehen und begutachtete eines der Schlachttiere. Offenbar war ihm kalt, denn er hauchte in seine Fäuste, obwohl er Handschuhe trug. Nachdem die Prüfung beendet war, versetzte er dem Kadaver einen zufriedenen Klaps – es überlief mich kalt, als das Fleischstück hin und her schwang und der Haken durchdringend quietschte – und pfiff dieselbe Melodie wie schon draußen vor dem Kühlraum.
Er ging weiter.
Ich verringerte den Abstand zwischen mir und Mr. Crepsley, denn ich wollte nicht zu weit zurückbleiben, als der dicke Mann plötzlich stehen blieb und sich nach etwas, das auf dem Boden lag, bückte. Ich hielt sofort

inne und wich langsam zurück, aber da bemerkte ich, wie sich Mr. Crepsley von hinten an die gebückte Gestalt anschlich.
Mit einem unterdrückten Fluch rannte ich los. Hätte sich Mr. Crepsley nicht ausschließlich auf den Mann konzentriert, hätte er meine Schritte leicht hören können.
Ein paar Meter hinter dem Vampir verharrte ich reglos und zog mein rostiges Messer. Der Zeitpunkt war ideal: Mein Lehrer, der noch immer, ohne etwas anderes zu hören oder zu sehen, auf den Rücken des Dicken starrte, war eine leichte Beute, aber ich zögerte noch. Mr. Crepsley musste den ersten Schritt tun.
Ich durfte nicht das Schlimmste von ihm annehmen, bevor er den Mann nicht wirklich angriff. Wie Evra gesagt hatte: Wenn ich ihn tötete, wäre das eine unwiderrufliche Entscheidung. Ich durfte mir keinen Fehler erlauben.
Stunden schienen zu vergehen, während der dicke Mann vorgebeugt irgendetwas auf dem Boden betrachtete. Schließlich zuckte er die Achseln und richtete sich wieder auf. Mr. Crepsley sog zischend die Luft durch die Zähne und spannte sich zum Sprung. Ich hob das Messer.
Der Dicke musste etwas gehört haben, denn er blickte auf – nur leider in die falsche Richtung. Hätte er sich umgedreht, hätte er Mr. Crepsley bemerkt und sich ducken können.
Ich hatte seinen Sprung zwar vorausgesehen, aber ich war trotzdem nicht schnell genug. Hätte ich im gleichen Moment einen Satz gemacht wie der Vampir, hätte ich mit dem Messer ausholen und mein Ziel treffen

können: seine Kehle. Aber ich wartete einen Sekundenbruchteil zu lang.
Im Sprung stieß ich einen lauten Schrei aus, einerseits, um Mr. Crepsley zu erschrecken und aufzuhalten, andererseits, um meine eigene Angst vor dem, was ich tat, zu überwinden.
Mr. Crepsley wirbelte herum. Seine Augen weiteten sich ungläubig, und er prallte voll gegen den dicken Mann. Beide plumpsten zu Boden.
Ich fiel auf Mr. Crepsley und stieß mit dem Messer zu. Die Klinge traf seinen linken Oberarm und drang tief in sein Fleisch. Er brüllte vor Schmerz und versuchte mich abzuschütteln. Aber er befand sich in einer ungünstigen Position, in der ihm sein größeres Gewicht und seine körperliche Überlegenheit nichts nützten. Ich drückte ihn zu Boden, hob den Arm und holte zum entscheidenden, tödlichen Hieb aus.
Ich kam nicht dazu. Denn als ich den Arm zurückriss, stieß ich jemanden an. Jemanden, der von oben auf mich heruntersprang. Jemanden, der schrill aufkreischte, als mein Arm ihn traf, und sich dann wegrollte, so schnell er konnte.
Einen Augenblick lang vergaß ich den Vampir und warf erschrocken einen Blick nach hinten.
Ich sah nur, dass es ein Mann war, mehr konnte ich erst erkennen, als er aufhörte herumzuzappeln und aufstand.
Als er schließlich über mir aufragte, wünschte ich, er wäre einfach aus dem Raum gerollt.
Der Anblick war ausgesprochen unheimlich. Der Kerl war sehr groß. Groß und aufgedunsen, und er war von Kopf bis Fuß in makelloses Weiß gekleidet, abgesehen

von den Blut- und Schmutzflecken, die er sich auf dem Fußboden geholt hatte.
Haut, Haare, Augen, Lippen und Fingernägel bildeten einen auffälligen Kontrast zu seinem weißen Anzug. Sein Gesicht war fleckig und purpurrot, alles Übrige noch dunkler, wie mit Blut getränkt.
Ich hatte keine Ahnung, wer oder was er war, aber jedes Detail wies unzweifelhaft darauf hin, dass es sich um einen Abgesandten des Bösen handelte: die ganze Haltung, das schnaufende Atemgeräusch, der Wahnsinn, der in seinen unnatürlich blutunterlaufenen Augen flackerte, und die Art, wie seine hochgezogenen, leuchtend roten Lippen die rasiermesserscharfen Zähne entblößten.
Ich hörte, wie Mr. Crepsley sich fluchend aufrappelte. Aber noch bevor er auf die Füße gekommen war, stieß der Mann im weißen Anzug ein dumpfes Gebrüll aus und raste mit übermenschlicher Geschwindigkeit auf mich zu. Er senkte den Kopf und rammte ihn mir dermaßen in den Bauch, dass ich keine Luft mehr bekam. Ich flog nach hinten und riss Mr. Crepsley erneut mit zu Boden.
Die Gestalt in Weiß stieß einen spitzen Schrei aus, zögerte einen Augenblick, als dächte sie über den nächsten Angriff nach, packte dann den nächstbesten Tierkadaver und zog sich daran hoch. Dann machte sie einen Riesensatz, klammerte sich an ein Fenstersims – erst jetzt merkte ich, dass sich dicht unter der Decke eine Reihe Fenster rund um den ganzen Raum zog –, schlug die Scheibe ein und schlüpfte nach draußen.
Mr. Crepsley fluchte abermals und stieß mich zur Seite. Er kletterte ebenfalls an einer Rinderhälfte hoch

und sprang auf dasselbe Fenstersims wie der rotgesichtige Mann, obwohl ihn sein verletzter linker Arm so schmerzte, dass er aufstöhnte. Ein paar Sekunden hockte er auf dem Sims und lauschte angestrengt. Dann ließ er Kopf und Schultern enttäuscht sinken.

Der dicke Mann, der die ganze Zeit über geplärrt hatte wie ein kleines Kind, kam auf die Knie und versuchte wegzukrabbeln. Mr. Crepsley entging sein Fluchtversuch nicht. Er warf einen letzten, verzweifelten Blick aus dem Fenster, sprang von seinem Sims und hinderte den Dicken am Aufstehen.

Hilflos musste ich mit ansehen, wie mein Lehrer den Mann beim Kragen packte, ihn hochzog und ihm ins Gesicht starrte: Wenn er ihn jetzt töten wollte, konnte ich es nicht verhindern. Mein Brustkorb fühlte sich an, als wäre eine Dampfwalze über meine Rippen gerollt. Jeder Atemzug tat weh, ich konnte mich kaum rühren.

Aber Mr. Crepsley hegte offenbar keine Mordabsichten. Er hauchte den Dicken lediglich mit seinem betäubenden Atem an. Der Mann wurde erst steif und sank dann bewusstlos zu Boden.

Anschließend wirbelte der Vampir herum und ging auf mich los. Er sah so wütend aus, wie ich ihn noch nie gesehen hatte, und ich fürchtete schon um mein Leben. Er packte mich bei den Schultern und schüttelte mich wie eine Stoffpuppe. »Du hirnloser Schwachkopf!«, brüllte er. »Musst du denn überall deine Nase hineinstecken? Weißt du überhaupt, was du da getan hast? Weißt du das?«

»Ich wollte … nur … verhindern …«, brachte ich heraus. »Ich dachte …«

Mr. Crepsley schob sein Gesicht dicht vor meines und

knurrte: »Er ist entwischt! Nur weil du dich einmischen musstest, läuft ein geisteskranker Massenmörder noch immer frei herum! Beinahe hätte ich ihm das Handwerk gelegt, aber du … du …«
Seine Stimme versagte. Er war so wütend, dass er nicht weitersprechen konnte. Er ließ mich unvermittelt los, wandte sich ab und ging fluchend und stöhnend vor Wut und Enttäuschung in die Knie –, ja, ich bildete mir sogar ein, ihn schluchzen zu hören.
Mein Blick wanderte von dem Vampir über den Bewusstlosen auf dem Boden zu dem zerbrochenen Fenster hinauf, und mir wurde klar (nicht gerade eine geistige Meisterleistung), dass ich einen schrecklichen, wenn nicht gar tödlichen Fehler begangen hatte.

KAPITEL 15

Das lange, unbehagliche Schweigen zwischen uns schien Stunden zu dauern. Ich betastete meine Rippen: Gebrochen war nichts, aber als ich aufstand, biss ich vor Schmerz die Zähne zusammen. Ich würde mich ein paar Tage schonen müssen.

Ich ging zu Mr. Crepsley hinüber und räusperte mich. »Wer um alles in der Welt *war* das?«, fragte ich.

Der Vampir funkelte mich gereizt an. »Schwachkopf!«, fauchte er. »Was hattest du hier überhaupt zu suchen?«

»Ich wollte verhindern, dass Sie ihn umbringen«, sagte ich und deutete auf den dicken Mann. Mr. Crepsley starrte mich verblüfft an. »Ich habe in den Nachrichten von den sechs Toten gehört«, erklärte ich. »Ich hielt Sie für den Mörder. Ich bin Ihnen gefolgt …«

»Du hast *mich* für einen Mörder gehalten?«, brüllte mein Lehrer. Ich nickte niedergeschlagen. »Du bist ja noch dümmer, als ich dachte. Hast du so wenig Vertrauen zu mir, dass du …«

»Was sollte ich denn sonst denken?«, schrie ich. »Sie erzählen mir nie etwas. Jede Nacht verschwinden Sie in die Stadt, ohne auch nur ein Wort darüber zu verlieren, was Sie dort treiben. Da ist es doch kein Wunder, dass ich auf solche Gedanken kam, als ich hörte, dass sechs Leute ermordet und ausgesaugt wurden!«

Mr. Crepsley starrte mich erst verdutzt und dann nachdenklich an. Schließlich nickte er müde. »Du hast Recht«, seufzte er. »Man muss selbst Vertrauen beweisen, um vertrauenswürdig zu sein. Ich wollte dir die blutigen Einzelheiten ersparen. Das war ein Fehler. Ich bin an allem schuld.«

»Schon in Ordnung«, erwiderte ich verblüfft über seinen freundlichen Ton. »Ich hätte Ihnen trotzdem nicht nachschleichen sollen.«

Sein Blick fiel auf das Messer. »Wolltest du mich etwa umbringen?«, fragte er.

»Ja«, murmelte ich verlegen.

Zu meiner Überraschung gluckste er belustigt. »Du bist ein verwegener junger Mann, Darren Shan. Aber das wusste ich bereits, als ich dich in meine Dienste nahm.«

Er erhob sich und begutachtete seine Armwunde. »Ich muss wohl dankbar sein, dass ich noch halbwegs gut davongekommen bin.«

»Ist es schlimm?«, fragte ich besorgt.

»Ich werd's überleben«, erwiderte er trocken und spuckte auf die Wunde, damit sie schneller heilte.

Ich blickte zu dem zerbrochenen Fenster hinauf. »Wer *war* das?«, wiederholte ich.

»Die Frage ist nicht, *wer* er ist, sondern *was* er ist«, korrigierte Mr. Crepsley. »Er ist ein Vampyr. Sein Name ist Murlough.«

»Was ist ein Vampyr?«

»Das ist eine lange Geschichte. Dafür haben wir jetzt keine Zeit. Ich erklär's dir später …«

»Nein«, unterbrach ich ihn mit fester Stimme. »Ich hätte Sie heute Nacht beinahe aufgeschlitzt, weil ich

nicht wusste, was los ist. Erklären Sie es mir *gleich*, damit es nicht zu weiteren Missverständnissen kommt.«
Mr. Crepsley zögerte, aber schließlich nickte er. »Einverstanden«, sagte er. »Dieser Ort ist dazu ebenso geeignet wie jeder andere. Ich glaube nicht, dass uns jemand stört. Aber wir sollten uns trotzdem beeilen. Ich muss über diese überraschende Wendung der Dinge nachdenken und meine Pläne entsprechend ändern. Deshalb werde ich mich kurz fassen. Stell bitte keine überflüssigen Fragen.«
»Ich versuch's«, versprach ich.
»Ein Vampyr ist ...« Er suchte nach Worten. »Früher, vor vielen, vielen Jahren, wurden die Menschen von zahlreichen Vampiren heimgesucht, die sie als Nahrungsquelle benutzten wie die Menschen ihr Vieh. Es war nichts Ungewöhnliches für einen Vampir, mehrere Menschen pro Woche leer zu saugen. Aber im Lauf der Zeit kamen wir zu dem Schluss, dass es so nicht weitergehen konnte, und erließen Gesetze, die unnötiges Morden untersagten.
Die meisten Vampire hielten sich an diese Gesetze, weil wir uns ungestörter unter den Menschen bewegen können, wenn wir sie nicht töten, aber einige Vampire waren der Meinung, wir handelten damit wider unsere Natur. Sie glaubten, die Menschen seien nur dazu da, um unsereinen mit Nahrung zu versorgen.«
»Das ist doch verrückt!«, protestierte ich. »Auch Vampire werden als Menschen geboren. Was für ...«
»Bitte«, unterbrach mich Mr. Crepsley. »Ich versuche dir nur die Gedankengänge dieser Vampyre zu erläutern. Das bedeutet nicht, dass ich ihr Verhalten billige. Vor etwa siebenhundert Jahren kam es schließlich zum

Bruch. Siebzig Vampire spalteten sich von den übrigen ab und erklärten sich selbst zu einer eigenen Rasse. Sie nannten sich ›Vampyre‹, erließen eigene Gesetze und stellten eine eigene Regierung.
Die Vampyre glauben, dass es falsch ist, sich an einem Menschen gütlich zu tun, ohne ihn zu töten. Für sie ist es ein Zeichen ihrer Erhabenheit, einen Menschen bis auf den letzten Tropfen auszusaugen und seine Seele in sich aufzunehmen, so wie ein Teil von Sam Grest in dir weiterlebt, seitdem du ihn ausgesaugt hast. Es ist unter ihrer Würde, nur kleine Mengen zu trinken wie ein Blutegel.«
»Das heißt, sie töten alle Menschen, an denen sie sich laben?«, vergewisserte ich mich. Mr. Crepsley nickte. »Das ist ja schrecklich!«
»Ich bin ganz deiner Meinung«, stimmte mein Lehrer zu. »Und die meisten anderen Vampire zum Zeitpunkt der Abspaltung der Vampyre ebenfalls. Es gab einen richtigen Krieg. Viele Vampyre starben. Auch viele Vampire mussten ihr Leben lassen, aber schließlich haben wir doch gesiegt. Wir hätten sie endgültig ausgerottet, wenn nicht ...« Er lächelte bitter. »Wenn uns nicht ausgerechnet diejenigen, die wir vor ihnen schützen wollten, in die Quere gekommen wären.«
»Wie meinen Sie das?«, fragte ich.
»Viele Menschen wissen, dass es Vampire gibt, aber solange wir niemanden töten, lassen sie uns in Ruhe, weil sie sich vor uns fürchten. Aber als die Vampyre anfingen, ihre Opfer systematisch abzuschlachten, gerieten die Menschen in Panik und schlugen zurück. Leider konnten sie nicht zwischen Vampiren und Vampyren unterscheiden, und so gab es Tote auf beiden Seiten.

Mit den Vampyren wären wir eines Tages schon fertig geworden«, schloss Mr. Crepsley. »Mit den Menschen nicht. Unser Geschlecht drohte auszusterben. Zu guter Letzt verhandelten unsere Fürsten mit den Vampyren und schlossen einen Waffenstillstand. Wir lassen sie seitdem in Ruhe, solange sie nicht aus purer Mordlust töten. Sie dagegen töten nur, wenn sie wirklich hungrig sind, und versuchen, ihre Taten vor den Menschen zu vertuschen.

Das funktionierte eine Zeit lang ganz gut. Als die Menschen merkten, dass ihnen keine Gefahr mehr drohte, hörten sie auf, Jagd auf uns zu machen. Die Vampyre zogen weit fort – das war eine Bedingung der Abmachung –, und die letzten paar hundert Jahre gab es keine Zusammenstöße, abgesehen von gelegentlichen Reibereien und Herausforderungen.«

»Herausforderungen?«, wiederholte ich.

»Vampire und Vampyre sind raufustige Burschen«, erklärte Mr. Crepsley. »Wir messen gern unsere Kräfte in Kämpfen und Wettbewerben. Menschen und Tiere sind als Gegner durchaus reizvoll, aber wenn ein Vampir sich wirklich beweisen will, legt er sich mit einem Vampyr an. Es ist üblich, dass beide Gruppen einander aufsuchen und auf Leben und Tod miteinander kämpfen.«

»Das finde ich kindisch«, meinte ich.

Mein Lehrer zuckte die Achseln. »So ist nun mal unsere Natur. Im Lauf der Zeit hat sich das Aussehen der Vampyre verändert. Bestimmt sind dir seine roten Haare, Fingernägel und Augen aufgefallen.«

»Und die Lippen«, ergänzte ich. »Auch sein Gesicht war ganz rot.«

»Das kommt daher, dass sie mehr Blut zu sich nehmen als wir. Die meisten Vampyre sind allerdings nicht ganz so kräftig gefärbt wie Murlough – er ist ein richtiger Säufer –, aber alle haben die gleichen Erkennungsmerkmale. Abgesehen von den ganz jungen. Ihre Färbung wird erst nach zwanzig oder dreißig Jahren so intensiv.«
Ich dachte ein paar Minuten über das nach, was ich eben erfahren hatte. »Das heißt also, dass die Vampyre böse sind? Sind sie der Grund für den schlechten Ruf der Vampire?«
Mr. Crepsley rieb bedächtig seine Narbe. »*Böse* ist nicht ganz der richtige Ausdruck. In Bezug auf Menschen mag er zutreffen, aber für uns Vampire sind sie eher eine Art irregeleitete Verwandte als von Grund auf verdorbene Monster.«
»*Was?*« Ich konnte nicht glauben, dass er die Vampyre in Schutz nahm.
»Es kommt darauf an, wie man es betrachtet«, erklärte er. »Du hast deinen Abscheu davor, dich an Menschen gütlich zu tun, im Lauf der Zeit überwunden, nicht wahr?«
»Das schon«, räumte ich ein, »aber ...«
»Weißt du noch, wie du dich anfangs dabei gefühlt hast?«
»Ja«, sagte ich wieder, »aber ...«
»Die meisten Menschen würden *dich* als böse bezeichnen«, fuhr er fort. »Ein junger Halbvampir, der Menschenblut trinkt ... Was glaubst du wohl, was passieren würde, wenn sie deine wahre Natur entdeckten? Wie lange es dauern würde, bis sie versuchen würden, dir den Garaus zu machen?«

Nachdenklich kaute ich auf meiner Unterlippe.
»Versteh mich bitte nicht falsch«, sagte Mr. Crepsley. »Ich bin kein Freund der Vampyre und ihrer Methoden. Aber ich halte sie auch nicht für böse.«
»Wollen Sie damit etwa sagen, dass es in Ordnung ist, Menschen zu töten?«, fragte ich streitlustig.
»Nein. Ich will nur sagen, dass ich die Beweggründe der Vampyre nachvollziehen kann. Sie töten aus Überzeugung, nicht aus Mordlust. Ein Mensch, der als Soldat in den Krieg zieht und andere Menschen erschießt, ist für dich auch nicht böse, oder?«
»Das ist nicht dasselbe«, protestierte ich.
»Aber die Grenzen sind genauso fließend. In den Augen der Menschen sind die Vampyre Ungeheuer, so einfach ist das. Aber für Vampire – und auch du gehörst jetzt zu diesem Geschlecht – ist die Frage komplizierter. Wir sind schließlich mit ihnen verwandt. Außerdem«, setzte er hinzu, »haben auch die Vampyre ihre guten Seiten. Sie sind loyal und tapfer. Und sie brechen niemals ihr Wort – wenn ein Vampyr etwas verspricht, hält er sich auch daran. Wenn ein Vampyr lügt und seine Artgenossen es herausfinden, töten sie ihn sang- und klanglos. Gewiss haben sie viele Fehler, und ich hege keine besondere Vorliebe für sie, aber *böse*?« Er seufzte. »Das ist schwer zu sagen.«
Ich runzelte die Stirn. »Und trotzdem wollten Sie den Vampyr vorhin töten.«
Mr. Crepsley nickte. »Murlough ist kein gewöhnlicher Vampyr. Sein Geist ist verwirrt, und er hat die Kontrolle über sich verloren. Er tötet wahllos und genießt den Blutrausch. Wäre er ein Vampir, hätten ihn die Oberen schon längst verurteilt und hingerichtet. Die

Vampyre dagegen haben mehr Nachsicht mit ihren schwarzen Schafen. Sie töten nur sehr ungern einen der Ihren.

Wenn ein Vampyr den Verstand verliert, büßt er auch seinen Rang ein und wird aus der Gemeinschaft ausgestoßen. Solange er sich von seinen eigenen Leuten fern hält, unternehmen sie nichts, um seinem Tun Einhalt zu gebieten oder ihn zu bestrafen. Er ist ...«

Ein Ächzen ließ uns herumfahren. Der dicke Mann bewegte sich.

»Komm«, befahl Mr. Crepsley. »Wir setzen unsere Unterhaltung auf dem Dach fort.«

Wir verließen den Kühlraum und machten uns auf den Heimweg.

»Murlough treibt bereits seit einigen Jahren sein Unwesen«, erläuterte Mr. Crepsley. »Normalerweise leben geisteskranke Vampyre nicht besonders lange. Sie werden mit der Zeit immer unvorsichtiger, lassen sich von den Menschen erwischen und werden schließlich getötet. Aber Murlough ist gerissener als die meisten anderen. Er hat noch genug Verstand, um im Verborgenen zu töten und die Leichen zu verstecken. Du kennst doch sicher die Legende, dass Vampire ein Haus erst betreten können, wenn man sie hineinbittet?«

»Klar«, bestätigte ich. »Ich habe nie so richtig daran geglaubt.«

»Du hast ganz Recht. Aber wie die meisten Legenden hat auch diese einen wahren Kern. Ein Vampyr tötet fast nie einen Menschen in dessen eigenen vier Wänden. Er überfällt seine Opfer im Freien, tötet sie, saugt sie leer und versteckt die Leiche. Oder er lässt die

Wunden so aussehen, als handelte es sich um einen Unfall. Gestörte Vampyre vergessen diese Vorsichtsmaßnahmen für gewöhnlich, aber Murlough hält sich noch immer daran. Deshalb war ich mir auch ganz sicher, dass er den Mann nicht zu Hause angreifen würde.«

»Aber woher wussten Sie, dass er ihn überhaupt überfallen wollte?«, fragte ich.

»Vampyre haben feste Gewohnheiten. Sie wählen ihre Opfer sorgfältig aus, schleichen sich nachts in ihre Wohnungen und zeichnen die Schlafenden mit drei kleinen Kratzern auf der linken Wange. Ist dir dieses Mal an dem Dicken nicht aufgefallen?«

Ich schüttelte den Kopf. »So genau habe ich nicht hingesehen.«

»Es ist da«, versicherte Mr. Crepsley. »Aber es ist so unauffällig, dass der Dicke wahrscheinlich angenommen hat, er hätte sich selbst im Schlaf gekratzt. Wenn man aber weiß, wonach man suchen muss, sind diese Kratzer nicht zu verwechseln: Sie sitzen immer an der gleichen Stelle und haben stets die gleiche Länge.

Deshalb habe ich mich an die Fersen dieses Mannes geheftet. Bis dahin bin ich ziellos durch die Stadt gestreift, in der Hoffnung, zufällig auf Murloughs Spur zu stoßen. Dann lief mir der Dicke über den Weg, und ich folgte ihm. Ich wusste, dass der Überfall entweder hier oder auf seinem Heimweg stattfinden würde. Ich brauchte mich nur zurückzulehnen und Murloughs Erscheinen in aller Ruhe abzuwarten.« Die Miene des Vampirs verfinsterte sich. »Bis *du* aufgetaucht bist.« Seine Stimme bekam einen verbitterten Unterton.

»Können Sie Murlough wieder aufspüren?«, fragte ich.

Mr. Crepsley schüttelte bedauernd den Kopf. »Einen

von ihm gezeichneten Menschen zu entdecken war ein unglaublicher Zufall, der sich nicht wiederholen wird. Außerdem ist Murlough zwar verrückt, aber kein Dummkopf. Falls er noch andere Menschen gezeichnet hat, wird er sie laufen lassen und schleunigst aus der Stadt verschwinden.« Mr. Crepsley seufzte betrübt. »Damit muss ich mich wohl leider abfinden.«

»Abfinden?«, rief ich aus. »Wollen Sie ihn denn nicht verfolgen?« Mr. Crepsley schüttelte den Kopf. Ich blieb mitten auf dem Treppenabsatz stehen – wir hatten fast den Raum mit den vielen Rohren erreicht – und starrte ihn entgeistert an. »Warum nicht? Er ist wahnsinnig! Er ist ein Mörder! Sie müssen …«

»Ich muss überhaupt nichts«, widersprach der Vampir sanft. »Es ist nicht meine Aufgabe, mich mit Geschöpfen wie Murlough zu befassen.«

»Warum haben Sie sich dann überhaupt eingemischt?«, schrie ich empört und dachte an all die Menschen, die dem wahnsinnigen Vampyr noch zum Opfer fallen würden.

»In derartigen Angelegenheiten sind den Oberen die Hände gebunden«, erklärte Mr. Crepsley. »Sie wagen es nicht, verwirrten Vampyren das Handwerk zu legen, weil sie befürchten, erneut einen erbitterten Krieg zu entfesseln. Wie ich bereits sagte, sind Vampyre sehr loyal. Würde einer von ihnen umgebracht, würden sie seinen Tod unverzüglich rächen. Im fairen Kampf dürfen wir sie durchaus töten, aber wenn ein Oberer einen geisteskranken Vampyr umbringt, sehen sich dessen Artgenossen gezwungen, Vergeltung zu üben.

Ich habe mich nur eingemischt, weil das hier meine Heimatstadt ist. Ich bin hier geboren und habe hier mein ganzes Leben als Mensch verbracht. Zwar sind alle Leute, die ich noch von früher her kannte, inzwischen gestorben, aber ich fühle mich trotzdem für diese Stadt verantwortlich. Wenn ich überhaupt ein Zuhause habe, dann hier.

Gavner Purl wusste das. Als ihm zu Ohren kam, dass Murlough sich in dieser Stadt aufhält, hat er mir sofort Bescheid gesagt. Er hat ganz richtig angenommen, dass ich nicht tatenlos mit ansehen würde, wie ein wahnsinniger Vampyr hier Amok läuft. Es war ein geschickter Schachzug von ihm, aber ich nehme es ihm nicht übel. Ich hätte es an seiner Stelle genauso gemacht.«

»Ich verstehe das alles immer noch nicht ganz«, unterbrach ich ihn. »Ich dachte, die Obervampire wollen einen Krieg vermeiden.«

»Das stimmt.«

»Aber wenn Sie Murlough töten ...«

»Ich bin kein Obervampir«, unterbrach er mich. »Ich bin ein einfacher Vampir, ohne Verbindung zu meinesgleichen. Die Vampyre würden zwar Jagd auf mich machen, wenn sie erfahren würden, dass ich Murlough umgebracht habe, aber die Obervampire hätten damit nichts zu tun. Es wäre meine ganz persönliche Angelegenheit und würde keinen Krieg auslösen.«

»Ach so. Das heißt also, jetzt, wo Ihre Heimatstadt vor Murlough sicher ist, ist es Ihnen egal, was er woanders anrichtet.«

»Genau«, erwiderte Mr. Crepsley schlicht.

Mit dieser Einstellung war ich zwar nicht einverstanden – ich selbst hätte Murlough bis ans Ende der Welt verfolgt –, aber ich konnte sie nachvollziehen. Mr. Crepsley hatte lediglich »seine« Mitbürger beschützen wollen. Jetzt, wo die Stadt nicht mehr unmittelbar bedroht war, kümmerte ihn der Mörder nicht mehr. Typische Vampirlogik.

»Was passiert jetzt?«, fragte ich. »Gehen wir zum Cirque du Freak zurück und vergessen das Ganze?«

»Ja«, bestätigte Mr. Crepsley. »Murlough wird diese Stadt von nun an in Ruhe lassen. Er wird sich über Nacht aus dem Staub machen, und das war's. Und wir können unser alltägliches Leben wieder aufnehmen.«

»Bis zum nächsten Mal«, bemerkte ich.

»Ich habe nur eine Heimatstadt«, gab der Vampir zurück. »Es ist sehr unwahrscheinlich, dass es ein nächstes Mal gibt. Komm jetzt«, sagte er dann. »Wenn du noch Fragen hast, heb sie dir für später auf.«

»Na schön.« Ich machte eine Pause. »Was Sie vorhin gesagt haben ... dass Sie keine wichtigen Informationen mehr vor mir geheim halten wollen ... gilt das noch? Wollen Sie mir ab heute vertrauen und mich auf dem Laufenden halten?«

Der Vampir lächelte. »Ich vertraue dir, und du vertraust mir«, konterte er.

Ich lächelte zurück und betrat hinter ihm den Raum mit den Rohrleitungen.

»Warum habe ich Murloughs Fußspuren nicht schon vorher entdeckt?«, fragte ich und folgte den Staubflocken in umgekehrter Richtung aus dem Gebäude heraus.

»Er hat einen anderen Eingang benutzt«, erklärte Mr. Crepsley. »Ich wollte nicht riskieren, dass er mich sieht, bevor er angreift.«

Als ich aus dem Fenster kletterte, fiel mir plötzlich Evra wieder ein.

»Warten Sie!« Ich hielt Mr. Crepsley zurück. »Wir müssen noch Evra einsammeln.«
»Der Schlangenjunge ist also auch mit von der Partie?« Mr. Crepsley lachte. »Lauf schnell und hol ihn. Aber ich habe keine Lust, seinetwegen die ganze Geschichte noch einmal zu erzählen. Das überlasse ich dir.«
Ich sah mich suchend nach meinem Freund um. »Evra!«, rief ich gedämpft. Als keine Antwort kam, wurde ich etwas lauter. »Evra!« Wo steckte er bloß? Ich blickte auf den Boden und entdeckte im Staub eine einsame Fußspur, die sich unter einem Gewirr von Rohren verlor.
»Evra!«, rief ich wieder und folgte der Spur. Bestimmt hatte er mich mit dem Vampir reden sehen und die Situation nicht einschätzen können. »Es ist alles in Ordnung«, rief ich. »Mr. Crepsley ist kein Mörder. Es ist ein anderer ...«
Unter meinem Fuß ertönte ein scharfes Knacken und Splittern. Ich trat einen Schritt zurück, bückte mich und hob den Gegenstand auf, um ihn genauer zu betrachten. Mein Magen krampfte sich zusammen, als ich die Überreste eines Handys erkannte.
»Evra!«, schrie ich gellend und fing an zu rennen. Nach ein paar Metern entdeckte ich die Anzeichen einer Rauferei: Die Staubschicht in diesem Bereich war so verwischt, als hätte sich jemand im Kampf auf dem Boden gewälzt. Immer noch schwebten Wolken feiner Flocken in der Luft.
»Was ist los?«, erkundigte sich Mr. Crepsley, der mir gefolgt war.
Ich zeigte ihm das zerbrochene Handy.
»Gehört das Evra?«, fragte er.

Ich nickte. »Der Vampyr muss ihn erwischt haben«, flüsterte ich.
Mr. Crepsley seufzte und ließ den Kopf hängen.
»Dann ist Evra tot«, sagte er schlicht und wandte den Blick ab, als ich in Tränen ausbrach.

KAPITEL 16

Als wir ins Hotel zurückkamen, bezahlte Mr. Crepsley sofort unsere Rechnung, um zu verhindern, dass die Angestellten Evras Verschwinden bemerkten – und für den Fall, dass der Vampyr ihn gezwungen hatte, unseren Aufenthaltsort preiszugeben.
»Was ist, wenn es ihm gelungen ist zu fliehen?«, wandte ich ein. »Woher soll er dann wissen, wo wir sind?«
»Ich glaube nicht, dass er geflohen ist«, erwiderte Mr. Crepsley bekümmert.
Wir zogen in ein anderes Hotel um, nicht weit von dem vorigen entfernt. Falls der Mann an der Rezeption überrascht war, zu dieser späten Stunde einen ernst blickenden Herrn mit einer Narbe im Gesicht und einen verheulten Jungen im Piratenkostüm vor sich zu sehen, ließ er es sich nicht anmerken.
Ich bekniete Mr. Crepsley, mir mehr über Vampyre zu erzählen. Er erläuterte, dass sie niemals Vampire anfielen, denn unser Blut ist sowohl für andere Vampire als auch für Vampyre giftig. Sie lebten etwas länger als wir, aber der Unterschied war gering. Sie nahmen kaum richtiges Essen zu sich, Blut war ihr Hauptnahrungsmittel. Tierblut tranken sie nur im äußersten Notfall.
Ich hörte aufmerksam zu. Es war leichter, nicht an Evra zu denken, wenn ich mich auf etwas anderes kon-

zentrierte. Aber als der Morgen dämmerte und Mr. Crepsley zu Bett ging, fiel mir alles wieder ein.

Ich beobachtete den Sonnenaufgang. Ich war zwar müde, konnte aber nicht einschlafen. Ich hatte schreckliche Angst vor den Alpträumen, die mich garantiert heimsuchen würden. Ich bereitete mir ein üppiges Frühstück zu, aber nach dem ersten Bissen verging mir der Appetit, und ich warf alles in den Mülleimer. Schließlich schaltete ich den Fernseher ein und zappte durch die Kanäle, bekam aber kaum mit, was auf dem Bildschirm vor sich ging.

Immer wieder hoffte ich, alles sei nur ein böser Traum gewesen. Evra durfte einfach nicht tot sein. Bestimmt war ich nur auf dem Dach eingeschlafen, während ich Mr. Crepsley belauerte, und hatte das Ganze nur geträumt. Jeden Augenblick würde Evra sich über mich beugen und mich wachrütteln. Dann würde ich ihm von meinem Traum erzählen, und wir würden beide herzlich darüber lachen. »So leicht wirst du mich nicht los«, würde er kichern.

Aber es war kein Traum. Ich *hatte* dem wahnsinnigen Vampyr leibhaftig gegenübergestanden. Er *hatte* Evra entführt. Er *hatte* ihn entweder sofort getötet oder hatte es noch vor. Das alles waren Tatsachen, denen ich mich stellen musste.

Das Problem war nur, dass ich es nicht fertig brachte, genau das zu tun. Ich hatte Angst durchzudrehen. Deshalb sah ich der Wahrheit nicht ins Gesicht, sondern schob sie möglichst weit von mir, damit sie mich nicht mehr behelligen konnte – und dann verließ ich das Hotel, um Debbie zu suchen. Vielleicht konnte sie mich etwas aufmuntern.

Als ich auf den Platz hinaustrat, spielte Debbie gerade mit ein paar anderen Kindern. Es hatte die ganze Nacht dicke Flocken geschneit, und sie waren dabei, einen Schneemann zu bauen. Debbie war zwar überrascht, mich schon so früh am Morgen zu sehen, aber sie schien sich darüber zu freuen. Sie stellte mich ihren Freunden vor, die mich neugierig anstarrten.

»Hast du Lust auf einen Spaziergang?«, fragte ich.

»Hat es Zeit, bis der Schneemann fertig ist?«, fragte sie zurück.

»Nein«, erwiderte ich. »Ich bin ein bisschen nervös. Ich muss eine Runde laufen. Ich kann ja später noch mal vorbeischauen.«

»Schon okay. Ich komme mit.«

Das Mädchen musterte mich kritisch. »Alles in Ordnung? Du bist weiß wie ein Laken, und deine Augen ... Hast du geweint?«

»Ich habe vorhin Zwiebeln geschält,«, log ich.

Debbie drehte sich nach ihren Freunden um. »Bis später«, sagte sie und hakte sich bei mir ein. »Hast du ein bestimmtes Ziel?«

»Eigentlich nicht«, entgegnete ich. »Bestimm du die Richtung. Ich gehe einfach mit.«

Eine Weile spazierten wir schweigend nebeneinander her, dann zupfte Debbie mich am Ärmel und sagte: »Ich habe gute Neuigkeiten. Ich habe Mama und Papa gefragt, ob du am Abend vor Weihnachten vorbeikommen und uns beim Schmücken der Weihnachtsbäume helfen darfst. Sie hatten nichts dagegen.«

»Prima!«, brachte ich heraus und lächelte gezwungen.

»Du darfst sogar zum Abendessen bleiben« fuhr sie fort. »Sie hätten dich auch für den Weihnachtsmorgen

eingeladen, aber ich weiß ja, dass ihr im Hotel feiern wollt. Außerdem glaube ich nicht, dass dein Vater mitkommen würde, oder?«
»Nein«, bestätigte ich leise.
»Aber der Abend davor geht doch in Ordnung, ja?«, vergewisserte sie sich. »Evra darf natürlich auch mitkommen. Wir essen früh, so gegen zwei oder drei Uhr nachmittags, damit wir uns mit den Bäumen Zeit lassen können. Wenn du willst ...«
»Evra kann leider nicht mitmachen«, unterbrach ich sie.
»Wieso nicht?«
Verzweifelt kramte ich nach einer passenden Ausrede. Schließlich erklärte ich: »Er hat Grippe. Er liegt im Bett und kann nicht aufstehen.«
»Gestern schien er noch ganz munter zu sein.« Debbie runzelte die Stirn. »Und gestern Abend habe ich gesehen, wie ihr beide das Hotel verlassen habt. Da machte er noch ...«
»Wie hast du uns gesehen?«, unterbrach ich sie.
»Durchs Fenster«, erwiderte sie. »Es ist nicht das erste Mal, dass ihr das Hotel nach Einbruch der Dunkelheit verlassen habt. Ich habe bis jetzt nicht nachgefragt, weil ich dachte, du hättest es mir schon erzählt, wenn ich etwas darüber wissen soll.«
»Man spioniert anderen Leuten nicht nach«, fauchte ich.
»Ich habe nicht spioniert!« Debbie sah gekränkt aus. »Ich habe euch ganz zufällig gesehen. Wenn du mir so etwas zutraust, kannst du das mit Weihnachten vergessen.« Sie wollte gehen.
»Warte«, bat ich und ergriff ihren Arm, wobei ich

darauf achtete, nicht zu fest zuzupacken. »Es tut mir Leid. Ich bin schlecht drauf. Ich fühle mich nicht gut. Vielleicht habe ich mich bei Evra angesteckt.«

»Du siehst *wirklich* mies aus«, stimmte sie zu, und ihr Gesicht wurde freundlicher.

»Wir gehen abends nur weg, um unseren Vater abzuholen«, fuhr ich fort. »Wir treffen uns nach Feierabend mit ihm und gehen zusammen essen oder ins Kino. Ich hätte dich längst mal eingeladen mitzukommen, aber du weißt ja, wie mein Vater ist.«

»Du solltest uns trotzdem bald miteinander bekannt machen«, meinte Debbie. »Ich wette, ich könnte ihn dazu bringen, mich gern zu haben, wenn ich nur die Gelegenheit dazu hätte.«

Wir schlenderten weiter.

»Also, was ist nun mit dem Schmücken?«, beharrte sie.

Ich schüttelte den Kopf. Mit Debbie und ihren Eltern beim Abendessen zu sitzen war das Letzte, was ich mir jetzt vorstellen konnte. »Ich sage dir noch Bescheid«, wich ich schließlich aus. »Ich bin nicht sicher, ob wir dann noch hier sind. Vielleicht reisen wir weiter.«

»Aber Weihnachten ist doch schon übermorgen!«, rief Debbie. »Dein Vater hat doch bestimmt schon mit dir besprochen, was er vorhat.«

»Er ist manchmal komisch«, sagte ich. »Er schiebt alles gern bis zur letzten Minute auf. Es kann passieren, dass ich von diesem Spaziergang zurückkomme und ihn auf gepackten Koffern vorfinde.«

»Ihr könnt aber nicht abreisen, wenn Evra krank ist«, wandte sie ein.

»Mein Vater schon, wenn er es sich in den Kopf gesetzt hat«, hielt ich dagegen.
Stirnrunzelnd blieb das Mädchen stehen. Etwa einen Meter vor uns war ein Gully, aus dem warme Luft aufstieg. Debbie trat näher heran und stellte sich auf das Gitter. »Aber du reist nicht ab, ohne mir vorher Bescheid zu sagen. Versprochen?«, bat sie leise.
»Okay«, willigte ich ein.
»Ich fände es schrecklich, wenn du dich einfach in Luft auflöst, ohne mich vorzuwarnen«, setzte sie hinzu, und ich sah, dass sie Tränen in den Augen hatte.
»Ich verspreche es dir«, beruhigte ich sie. »Sobald ich erfahre, dass wir abreisen, erfährst du es auch. Ehrenwort.« Dabei kreuzte ich die Finger hinter dem Rücken.
»Komm her«, befahl sie, zog mich an sich und umarmte mich fest.
»Womit habe ich das verdient?«, fragte ich.
»Muss denn immer alles einen Grund haben?«, gab sie lächelnd zurück und streckte die Hand aus. »Lass uns an der nächsten Ecke umkehren. Dann kommen wir auf direktem Wege zum Platz zurück.«
Ich hakte mich bei ihr ein, um sie nach Hause zu begleiten, aber dann fiel mir ein, dass wir ja das Hotel gewechselt hatten. Wenn ich sie zum Platz zurückbrachte, erwartete sie natürlich, dass ich in unser altes Hotel ging. Falls sie zufällig mitbekam, wie ich mich davonschlich, würde sie bestimmt misstrauisch werden.
»Ich möchte lieber noch ein bisschen durch die Stadt bummeln«, erklärte ich. »Ich rufe dich heute Abend oder morgen früh an und sage dir, ob ich morgen zu euch kommen kann oder nicht.«

»Wenn dein Vater ausgerechnet jetzt abreisen will, versuch ihn herumzukriegen, dass ihr noch ein paar Tage bleibt«, bat sie. »Ich würde mich so freuen, wenn du kommst.«

»Ich versuch's«, versprach ich und sah ihr traurig nach, als sie um die Ecke bog und aus meinem Blickfeld verschwand.

In diesem Augenblick vernahm ich ein leises Glucksen unter meinen Füßen. Als ich durch die Gitterstäbe des Gullys spähte, konnte ich nichts erkennen und dachte schon, ich hätte mir das Geräusch nur eingebildet. Aber dann drang eine Stimme aus dem Schatten.

»Deine Freundin gefällt mir, Darren Shan«, kicherte sie, und ich wusste sofort, wer da sprach. »Ein leckeres Häppchen. Gerade richtig als Nachtisch, findest du nicht? Sieht appetitlicher aus als dein anderer Freund. Viel appetitlicher als Evra.«

Es war Murlough – der übergeschnappte Vampyr!

KAPITEL 17

Ich kniete mich hin und lugte durch das Gitter. Es war ziemlich finster dort unten, aber nach einigen Sekunden konnte ich in etwa die plumpe Silhouette des aufgedunsenen Vampyrs ausmachen.

»Wie heißt denn deine kleine Freundin, hm?«, fragte Murlough. »Anne? Beatrice? Catherine? Diane? Elsa? Franny? Geraldine? Henrietta? Eileen? Josie …?«

Er unterbrach sich, und ich merkte, dass er nachdachte. »Nein. Wart mal. Eileen fängt mit ›E‹ an, nicht mit ›I‹. Gibt es überhaupt Mädchennamen, die mit ›I‹ anfangen? Mir fallen auf Anhieb keine ein. Und dir, Darren Shan? Irgendwelche Ideen, hm? Irgendwelche Vorschläge?« Er sprach meinen Vornamen so merkwürdig aus, dass er wie »Jarwren« klang.

»Wie haben Sie mich gefunden?«, keuchte ich.

»Das war nicht schwer.« Er beugte sich vor, wobei er den Sonnenstrahlen sorgfältig auswich, und klopfte sich an die Stirn. »Hab meine grauen Zellen angestrengt«, verkündete er. »Der gute alte Murlough hat ’ne Menge davon, jawoll! Hab ein bisschen Fischverkäufer mit deinem schuppigen Freund gespielt – dem niedlichen Schlänglein. Er hat mir verraten, wo euer Hotel ist. Hab mich davor auf die Lauer gelegt. Hab scharf aufgepasst. Dann bist du mit deiner Freundin vorbeigekommen, und ich brauchte euch nur zu folgen.«

»Was soll das heißen, Sie haben mit Evra ›Fischverkäufer gespielt‹?«

Der Vampyr brach in lautes Gelächter aus. »Mit meinem Messer«, erklärte er. »Hab ihn geschuppt wie einen Fisch. Kapiert? *Er* hat Schuppen – ein *Fisch* hat Schuppen. Und bevor man ihn verkauft, muss man ihn putzen. Ha! Grips, sag ich, Grips! Ein Dummkopf kann nicht so tolle Wortspiele machen, so gescheite Wortspiele. Der gute alte Murlough hat mehr Grips als jeder …«

»Wo ist Evra jetzt?«, unterbrach ich ihn und rüttelte wild an den Gitterstäben, um sein Geschwätz abzustellen. Ich ruckelte probehalber an dem Rost, um mich zu vergewissern, ob ich ihn aushebeln und zu dem Vampyr hinunterklettern konnte, aber er saß bombenfest.

»Evra? Evra Von?« Murlough vollführte im Halbdunkel einen komischen kleinen Freudentanz. »Hab ihn aufgehängt«, erläuterte er. »Mit dem Kopf nach unten. Ziemlich unbequeme Haltung. Hat gequiekt wie ein Ferkel. Hat gebettelt, wollte unbedingt freigelassen werden.«

»Wo ist er?«, rief ich verzweifelt. »Ist er am Leben?«

»Sag mal«, bemerkte der Vampyr, ohne auf meine Fragen einzugehen, »wo wohnen du und der Vampir denn jetzt? Ihr habt das Hotel gewechselt, stimmt's? Deshalb habe ich dich also nicht herauskommen sehen. Aber was hattest du dann noch auf dem Platz zu suchen? Nein!«, rief er aus, als ich antworten wollte. »Sag's nicht, sag's nicht! Gib meinen kleinen grauen Zellen eine Chance. Du weißt doch, der gute alte Mur-

lough hat ’ne Menge graue Zellen. Kommen ihm schon fast zu den Ohren raus, könnte man sagen.«
Er machte eine Pause, und seine kleinen Augen huschten unruhig hin und her, dann schnipste er plötzlich mit den Fingern und johlte: »Das Mädchen! Darren Shans kleine Freundin! Sie wohnt an dem Platz, hm? Du hast sie besucht. In welchem Haus wohnt sie? Sag’s nicht, sag’s nicht! Ich krieg’s allein raus. Ich brauche sie nur zu beobachten. Appetitliches Mädel. Jede Menge Blut, hm? Köstliches, salziges Blut. Ich schmeck’s schon auf der Zunge.«
»Lassen Sie bloß die Finger von ihr!«, schrie ich. »Wenn Sie Ihr zu nahe kommen, dann werde ich …«
»Klappe!«, blaffte der Vampyr. »Versuch nicht, mir zu drohen. Von einem unverschämten Halbvampir wie dir höre ich mir keine Frechheiten an. Noch ein Wort in diesem Ton, und du siehst deinen Freund nie wieder.«
Ich musste mich mit aller Gewalt zusammenreißen. »Soll das heißen, dass Evra noch lebt?«, fragte ich mit zitternder Stimme.
Murlough grinste und rieb sich die Nase. »Vielleicht ja, vielleicht auch nicht. Man kann nie sicher sein, stimmt’s?«
»Mr. Crepsley hat gesagt, dass Vampyre immer Wort halten«, erwiderte ich. »Wenn Sie mir Ihr Wort geben, dass Evra noch am Leben ist, kann ich mich darauf verlassen.«
Murlough nickte bedächtig. »Er lebt.«
»Ihr Wort darauf?«
»Mein Wort darauf. Schlänglein lebt. Wohl verschnürt und aufgehängt. Quiekt wie ein Ferkel. Ich hebe ihn

mir für Weihnachten auf. Als Festtagsbraten. Schlange statt Truthahn. Wie findest du das, hm?« Er lachte. »Kapiert? *Schlange statt Truthahn.* Nicht einer meiner besten Witze, aber gar nicht so übel. Dein Freund hat jedenfalls darüber gelacht. Dein Freund macht sowieso alles, was ich ihm sage. Würdest du auch tun an seiner Stelle, wenn du mit dem Kopf nach unten hängst und quiekst wie ein Ferkel.«

Murlough hatte die nervtötende Angewohnheit, sich dauernd zu wiederholen.

»Hören Sie«, sagte ich bemüht ruhig. »Lassen Sie Evra laufen. Bitte. Er hat Ihnen doch überhaupt nichts getan.«

»Er hat meinen schönen Plan vermasselt!«, kreischte der Vampyr. »Ich wollte gerade trinken. Es hätte einen Riesenspaß gemacht. Ich hätte den Dicken leer gesaugt, ihm bei lebendigem Leib die Haut abgezogen und ihn im Kühlraum zwischen die übrigen Viecher gehängt. Damit hätte ich ein paar arglose Menschen ohne ihr Wissen zu Kannibalen machen können. Guter Witz, hm?«

»Evra hat Ihnen gar nichts vermasselt«, widersprach ich. »Das waren Mr. Crepsley und ich. Evra war die ganze Zeit auf der anderen Seite der Tür.«

»Auf der *einen* Seite, auf der *anderen* Seite – auf *meiner* Seite war er jedenfalls nicht. Aber das wird er bald sein.« Murlough leckte sich genüsslich die blutroten Lippen. »Auf meiner Seite und in meinem Bauch. Hab noch nie einen Schlangenjungen gekostet. Freu mich schon darauf. Vielleicht stopfe ich ihn vorher noch ein bisschen mit Füllung. Damit's weihnachtlicher ist.«

»Ich bringe Sie um!«, schrie ich fassungslos und zerrte wie wild an dem Gitterrost. »Ich kriege Sie und reiße Ihnen sämtliche Arme und Beine einzeln aus!«
»Huch!« Murlough lachte und tat so, als ob er sich fürchtete. »Zu Hilfe! Bitte tu mir nichts, du böser kleiner Halbvampir. Das hat der gute alte Murlough nicht verdient. Versprich mir, dass du mich in Frieden lässt.«
»Wo ist Evra?«, brüllte ich. »Bringen Sie ihn hoch, oder ich ...«
»Jetzt reicht's aber!«, fauchte Murlough. »Ich bin nicht hergekommen, um mich anschreien zu lassen, echt nicht. Es gibt eine Menge anderer Orte, wo ich hingehen kann, wenn ich angeschrien werden will. Halt endlich den Mund und hör zu.«
Es fiel mir verdammt schwer, aber ich schaffte es zu gehorchen.
»Gut«, lobte Murlough. »So gefällst du mir schon viel besser. Du bist nicht so schwer von Begriff wie die meisten Vampire. Auch Darren Shan hat anscheinend ein bisschen Grips, hm? Natürlich nicht so viel wie ich, aber wer hat das schon? Der gute alte Murlough hat mehr Grips als jeder ... Aber lassen wir das.« Er grub die Fingernägel in die Mauer unterhalb des Gitters und kletterte ein paar Meter zu mir hoch. »Hör gut zu.« Er klang jetzt ganz vernünftig. »Ich weiß nicht, wie ihr mich gefunden habt – Schlänglein konnte es mir auch nicht sagen, ganz egal, wie oft ich ihn mit meinem Messer gekitzelt habe – und es ist auch nicht wichtig. Es ist eben euer Geheimnis. Behaltet es ruhig für euch. Wir alle haben unsere kleinen Geheimnisse, nicht wahr? Auf den Dicken kommt es mir nicht an«, fuhr er fort. »Der war bloß eine Mahlzeit. Da, wo er herkommt,

gibt es noch mehr von seiner Sorte. Jede Menge Blut im großen Menschensupermarkt.
Ich bin noch nicht einmal wütend auf *dich*«, schnaubte er. »Halbvampire interessieren mich nicht. Du bist nur deinem Herrn gefolgt. Du bist mir egal. Ich tu dir nichts und auch Schlänglein und dem Dicken nicht. Aber der Vampir – Larten Crepsley ...« Seine roten Augen funkelten hasserfüllt. »*Er* ist mir nicht egal. Er hätte sich vorher überlegen sollen, ob er sich mir in den Weg stellt. Vampire und Vampyre sollen sich gegenseitig nicht in die Quere kommen!«, brüllte er mit höchster Lautstärke. »Das weiß doch jeder Dummkopf! So wurde es vereinbart. Wir mischen uns nicht in die Angelegenheiten anderer Leute ein. Er hat das Gesetz gebrochen. Dafür muss er bezahlen.«
»Er hat kein Gesetz gebrochen«, widersprach ich. »Sie sind verrückt. Sie haben überall in der Stadt Menschen umgebracht. Jemand musste Sie aufhalten.«
»*Verrückt?*« Ich hatte erwartet, dass Murlough vor Wut außer sich geraten würde, aber er grunzte nur belustigt. »Hat er das gesagt? *Verrückt?* Der gute alte Murlough ist nicht verrückt. Ich bin so normal wie kaum ein anderer Vampyr. Wäre ich sonst hier, wenn ich verrückt wäre? Hätte ich genug Verstand besessen, den Schlangenjungen am Leben zu lassen? Habe ich vielleicht Schaum vorm Mund? Stottere ich wie ein Schwachsinniger? Hm?«
Ich beschloss, auf ihn einzugehen. »Vielleicht nicht«, erwiderte ich. »Wenn ich es recht bedenke, sind Sie ganz schön schlau.«
»Natürlich bin ich schlau! Der gute alte Murlough hat 'ne Menge graue Zellen. Da kann man gar nicht ver-

rückt werden, außer man kriegt Tollwut. Siehst du hier irgendwelche tollwütigen Tiere?«

»Nein«, gab ich zu.

»Da hast du's!«, triumphierte er. »Keine verrückten Tiere – kein verrückter Murlough. Kapiert, hm?«

»Kapiert«, sagte ich leise.

»Warum hat er sich eingemischt?«, fragte Murlough. Er klang verwirrt und verdrießlich. »Ich habe ihm nichts getan. Ich wäre ihm nicht in die Quere gekommen. Warum musste er mir nachschleichen und alles vermasseln?«

»Dies hier ist seine Heimatstadt«, erklärte ich. »Hier hat er gelebt, als er noch ein Mensch war. Er hielt es für seine Pflicht, die Einwohner zu beschützen.«

Murlough starrte mich ungläubig an. »Du meinst, er hat es für *sie* getan?«, kreischte er. »Für die *Blutsäcke*?« Er lachte irre. »Der Kerl muss komplett durchgedreht sein! Ich dachte, er will sie für sich selber haben. Oder ich hätte aus Versehen jemanden getötet, der ihm nahe stand. Ich wäre nie auf die Idee gekommen, dass er ... dass er ...«

Murlough schüttelte sich vor Lachen. »Genau das ist der Punkt«, brachte er heraus. »So ein Verrückter darf nicht länger frei herumlaufen. Wer weiß, was ihm als Nächstes in den Sinn kommt. Hör zu, Darren Shan. Du scheinst ein kluges Kerlchen zu sein. Wie wär's mit einem kleinen Handel? Ein bisschen Ordnung in dieses Durcheinander bringen, hm?«

»Was für einen Handel?«, fragte ich misstrauisch.

»Ein Tauschgeschäft«, erklärte Murlough. »Ich weiß, wo dein schuppiger Freund ist. Du weißt, wo der Vampir ist. Mann gegen Mann. Was hältst du davon?«

»Ich soll Mr. Crepsley für Evra opfern?«, fauchte ich. »Was soll das für ein Handel sein? Einen Freund gegen den anderen eintauschen? Sie glauben doch nicht im Ernst, dass ich …«

»Warum denn nicht?«, fiel mir Murlough ins Wort. »Der Schlangenjunge ist doch unschuldig, oder? Dein bester Freund, hat er gemeint. Der Vampir dagegen hat dich von deiner Familie und deinem Zuhause weggeholt. Evra sagt, du hasst ihn.«

»Das war früher«, sagte ich.

»Und wenn schon«, fuhr der Vampyr fort, »wenn du zwischen den beiden wählen müsstest, für wen würdest du dich entscheiden? Wenn sie beide in Lebensgefahr schwebten und du könntest nur einen von ihnen retten, welchen würdest du nehmen?«

Darüber brauchte ich nicht lange nachzudenken. »Evra«, sagte ich ruhig.

»Da hast du's!«, dröhnte Murlough.

»Aber Mr. Crepsley *schwebt* nicht in Lebensgefahr«, fuhr ich fort. »Sie wollen nur, dass ich ihn verrate, damit Sie Evra laufen lassen. Aber so etwas mache ich nicht. Ich verrate ihn nicht und locke ihn auch nicht in eine Falle.«

»Das musst du auch gar nicht«, beschwichtigte Murlough. »Du brauchst mir nur zu sagen, wo er sich aufhält. Den Namen des Hotels und seine Zimmernummer. Alles andere nehme ich selbst in die Hand. Ich schleiche mich ins Zimmer, wenn er schläft, murkse ihn ab und bringe dich sofort zu Evra. Ich gebe dir mein Wort darauf, dass ich euch beide laufen lasse. Denk mal drüber nach, hm? Entscheide dich. Der Vampir oder das Schlänglein. Du hast die Wahl.«

Wieder schüttelte ich den Kopf. »Nein. Da gibt es nichts nachzudenken. Lieber tausche ich selbst mit Evra, wenn das …

»Ich will nicht *dich*!«, schrie Murlough. »Ich will den Vampir. Was soll ich mit einem begriffsstutzigen kleinen Halbvampir anfangen? Nicht einmal dein Blut kann ich trinken. Ich habe nichts davon, wenn ich dich abmurkse. Entweder Crepsley, oder wir kommen nicht ins Geschäft.«

»Dann kommen wir eben nicht ins Geschäft«, erwiderte ich, und ein Schluchzen stieg in meiner Kehle auf, als ich mir vorstellte, was meine Antwort für Evras Schicksal bedeutete.

Voller Abscheu spie Murlough mich an, doch seine Spucke blieb an den Gitterstäben hängen. »Du bist ein Dummkopf«, knurrte er. »Ich dachte, du wärst ein kluges Kerlchen, aber du bist ein Dummkopf. Na, von mir aus. Ich finde den Vampir auch ohne deine Hilfe. Und deine kleine Freundin auch. Ich bringe sie beide um. Und dann bist du an der Reihe. Wart's nur ab.«

Der Vampyr ließ die Mauer los und plumpste in die Dunkelheit zurück. »Denk an mich, Darren Shan!«, rief er noch, bevor er in einem Gang verschwand. »Denk Weihnachten an mich, wenn du herzhaft in deinen Truthahn beißt. Weißt du, wo ich hineinbeißen werde? Weißt du's?« Sein Unheil verkündendes Lachen hallte von den Tunnelwänden wider, als er um eine Ecke bog und verschwand.

»Ja«, flüsterte ich. Ich wusste genau, in was er beißen würde.

Ich stand auf und wischte mir die Tränen ab. Dann machte ich mich auf den Weg zu Mr. Crepsley, um ihm von der Begegnung mit Murlough zu berichten. Aber nach ein paar Metern zog ich es vor, eine Feuertreppe hochzuklettern und über die Dächer weiterzulaufen, weil ich befürchtete, dass der Vampyr mir heimlich folgte, damit ich ihn zu unserem neuen Hotel führte.

KAPITEL 18

Mr. Crepsley war nicht überrascht, dass Murlough das Hotel beobachtet hatte – er hatte sogar damit gerechnet –, aber er war *sehr* überrascht, dass ich zu dem Platz zurückgegangen war.

»Was hast du dir bloß dabei gedacht?«, fuhr er mich an.

»Sie haben es mir nicht verboten«, gab ich zurück.

»Ich hielt es für überflüssig«, knurrte er. »Wie bist du bloß auf die Idee gekommen?«

Ich fand, dass jetzt der Zeitpunkt gekommen war, ihm von Debbie zu erzählen.

Er hörte schweigend zu.

»Eine Freundin also«, sagte er, als ich geendet hatte, und wiegte bedächtig den Kopf. »Wieso hast du geglaubt, dass ich etwas dagegen haben könnte? Es gibt keinen Grund, weshalb du dich nicht mit einem Mädchen anfreunden solltest. Sogar ausgewachsene Vampire verlieben sich manchmal in Menschen. Es ist kompliziert, und ich würde davon abraten, aber es ist nicht verboten.«

»Sie sind nicht böse auf mich?«, fragte ich.

»Warum sollte ich? Deine Herzensangelegenheiten gehen mich nichts an. Du hast dich korrekt benommen: Du hast nichts versprochen, was du nicht halten kannst, und du warst dir immer bewusst, dass es nur vorübergehend sein kann. Das Einzige, was mir an deiner Freundschaft mit diesem Mädchen Kopfzerbrechen bereitet, ist die Verbindung zu diesem Vampyr.«

»Glauben Sie, dass Murlough Debbie etwas antun wird?«

»Das bezweifle ich«, meinte er. »Ich glaube, er wird sich von dem Platz fern halten. Da wir wissen, dass er sich dort herumtreibt, muss er annehmen, dass wir die Gegend von nun an im Auge behalten. Du solltest trotzdem vorsichtig sein. Besuch deine Freundin lieber nicht mehr nach Anbruch der Dunkelheit. Betritt ihr Haus durch die Hintertür. Bleib vom Fenster weg.«

»Das heißt, es ist in Ordnung, wenn ich mich weiter mit ihr treffe?«, vergewisserte ich mich.

»Ja.« Er lächelte. »Ich weiß, dass du mich für einen alten Spielverderber hältst, aber ich würde dich nie absichtlich unglücklich machen.«

Ich lächelte dankbar zurück.

»Und Evra?«, fragte ich dann. »Was geschieht mit ihm?«

Mr. Crepsleys Lächeln erlosch. »Da bin ich mir nicht so sicher.« Er dachte ein paar Minuten nach. »Hast du dich wirklich geweigert, mein Leben gegen seines einzutauschen?« Es klang, als glaubte er, dass ich ihn anschwindeln wollte, um ihn freundlich zu stimmen.

»Ehrlich«, versicherte ich.

»Aber *warum*?«

Ich zuckte die Achseln. »Wir wollten einander doch vertrauen, nicht wahr?«

Mr. Crepsley wandte sich ab und hustete in seine

Faust. Als er sich wieder nach mir umdrehte, sah er zerknirscht aus. »Ich habe dich schwer unterschätzt, Darren«, gestand er. »Das war dumm von mir. Ich habe eine gute Wahl getroffen, als ich dich als Gehilfen in meine Dienste nahm. Es ist mir eine Ehre, mit dir zusammenzuarbeiten.«

Das Kompliment machte mich verlegen, denn ich war es nicht gewöhnt, dass der Vampir mich lobte. Also verzog ich nur das Gesicht und ging schnell darüber hinweg.

»Was passiert mit Evra?«, fragte ich noch einmal.

»Wir werden tun, was wir können, um ihn zu befreien«, versprach mein Lehrer. »Schade, dass du es abgelehnt hast, mich gegen ihn auszutauschen: Hätten wir vorher von Murloughs Angebot gewusst, dann hätten wir ihm eine Falle stellen können. Jetzt, wo du mir gegenüber Loyalität bewiesen hast, wird er es nicht wiederholen. Damit haben wir die beste Gelegenheit, ihn zu überlisten, verschenkt. Aber wir brauchen noch nicht aufzugeben«, fuhr er fort. »Heute ist der Dreiundzwanzigste. Wir wissen, dass Murlough Evra nicht vor dem Fünfundzwanzigsten töten wird.«

»Es sei denn, er überlegt es sich anders«, gab ich zu bedenken.

»Unwahrscheinlich. Vampyre halten sich an einmal getroffene Entscheidungen. Wenn er gesagt hat, dass er den Jungen nicht vor dem Fünfundzwanzigsten tötet, dann ist das auch genau das Datum, an dem er es tut. Wir haben noch zwei ganze Tage, heute und morgen, um herauszufinden, wo er Evra versteckt hält.«

»Aber er kann überall in dieser Stadt sein!«, rief ich verzweifelt.

»Da bin ich nicht deiner Meinung«, widersprach Mr. Crepsley. »Er ist nicht *in* der Stadt, er ist *unter* ihr. Irgendwo in den Gewölben der Kanalisation. Irgendwo, wo keine Sonne hinkommt und er sich ungehindert bewegen kann.«

»Woher wollen Sie das wissen?«, fragte ich. »Vielleicht war er heute nur dort unten, um mir unauffällig folgen zu können.«

»Wenn du Recht hast«, erwiderte Mr. Crepsley, »ist es aussichtslos. Aber wenn er dort unten wirklich sein Lager aufgeschlagen hat, haben wir eine Chance. So viel Platz gibt es nicht unter der Erde. Außerdem hört man dort besser. Es wird nicht einfach sein, aber es besteht noch Hoffnung. Anders als gestern Nacht. Wenn alle Stricke reißen«, fuhr er fort, »und wir mit leeren Händen zurückkommen …« Sein Gesicht wurde hart. »Dann werde ich unserem mordlustigen Vetter eine Nachricht zukommen lassen und in den Tauschhandel einwilligen, den er dir selbst vorgeschlagen hat.«

»Sie meinen …?«

»Ja«, nickte er finster. »Wenn wir Evra nicht rechtzeitig finden, werde ich mein Leben gegen seines austauschen.«

Leider dehnte sich die Unterwelt unter der Stadt mehr aus, als Mr. Crepsley angenommen hatte. Es war ein riesiges Labyrinth. In jede erdenkliche Richtung führten gigantische Rohre, als wären sie rein zufällig dort fallen gelassen worden. Manche von ihnen waren so dick, dass man aufrecht darin stehen konnte, andere kaum breit genug, um hindurchzukriechen. Die meis-

ten von ihnen wurden noch benutzt und standen halb voll mit Dreckwasser und Unrat. Einige waren aber auch alt, ausgetrocknet und geborsten.
Der Gestank war grauenvoll. Eins stand fest: Vielleicht gelang es uns, Murlough und Evra zu hören oder zu sehen, aber riechen würden wir sie auf keinen Fall!
Es wimmelte nur so von Ratten, Spinnen und anderen Krabbeltieren. Aber ich merkte bald, dass sie mich in Ruhe ließen, wenn ich sie nicht weiter beachtete.
»Ich begreife nicht, wozu man so viele Gewölbe braucht«, bemerkte Mr. Crepsley grimmig, nachdem wir stundenlang erfolglos gesucht hatten. Ich hatte das Gefühl, schon die halbe Stadt unterirdisch durchkämmt zu haben, aber als mein Lehrer den Kopf aus einem Gully steckte, um herauszufinden, wo wir waren, musste er feststellen, dass wir höchstens einen Dreiviertelkilometer zurückgelegt hatten.
»Ich nehme an, die Rohre wurden zu verschiedenen Zeiten verlegt«, meinte ich. Mein Vater arbeitete bei einer Baufirma und hatte mir allerhand über unterirdische Rohrsysteme erzählt. »Nach einer gewissen Zeit werden sie undicht, und es ist meistens einfacher, neue Gräben auszuheben, als die alten Rohre auszubessern.«
»Was für eine Verschwendung«, grummelte Mr. Crepsley missbilligend. »Auf dem Platz, den diese verdammten Katakomben einnehmen, könnte man ein ganzes Dorf errichten.« Er blickte kopfschüttelnd um sich. »Wirklich erstaunlich, dass die Stadt noch nicht eingebrochen ist.«
Nach einer Weile blieb der Vampir stehen und fluchte vor sich hin.

»Kehren wir um?«, fragte ich.
»Nein«, seufzte er. »Wir machen weiter. Das ist immer noch besser, als untätig herumzusitzen. Auf diese Weise nehmen wir unser Schicksal wenigstens selbst in die Hand.«
Wir schlichen im Schein von Taschenlampen voran. Auch wir brauchten Licht, denn selbst Vampire können in völliger Dunkelheit nichts mehr sehen. Zwar erhöhte der Lichtschein die Gefahr, dass Murlough uns entdeckte, bevor wir ihn aufspürten, aber dieses Risiko mussten wir eingehen.
»Es gibt keine Möglichkeit, Murlough mit Hilfe von Telepathie ausfindig zu machen, oder?«, erkundigte ich mich, als wir eine Pause einlegten. Das ständige Kriechen und Bücken war unglaublich anstrengend. »Können Sie seine Gedanken denn nicht empfangen?«
Der Vampir schüttelte bedauernd den Kopf. »Ich habe keine Verbindung zu ihm«, erklärte er. »Um die geistigen Signale einer anderen Person zu empfangen, müssen beide so etwas wie Radarwellen aussenden.« Er hielt seine beiden Zeigefinger ungefähr einen halben Meter voneinander entfernt in die Luft. »Nehmen wir mal an, das hier bin ich.« Er wackelte mit dem rechten Zeigefinger. »Und das hier ist Meister Riesig.« Er bewegte den linken. »Vor vielen Jahren haben wir gelernt, die gedanklichen Signale des jeweils anderen zu empfangen. Das heißt, wenn ich Meister Riesig aufspüren will, muss ich eine Folge von radarähnlichen Wellen aussenden.« Er beugte und streckte den rechten Finger. »Wenn diese Signale auf Hibernius treffen, werden sie automatisch von einem Teil seines Gehirns

erwidert, auch wenn sein aktives Bewusstsein nichts davon merkt.«

»Wollen Sie damit sagen, dass Sie seinen Aufenthaltsort feststellen können, auch wenn er das gar nicht will?«

Mr. Crepsley nickte. »Deshalb weigern sich auch die meisten Leute, anderen Personen ihre gedanklichen Erkennungssignale zu verraten. Man sollte sie nur jemandem anvertrauen, auf den man sich hundertprozentig verlassen kann. Weniger als zehn Personen auf dieser Erde können mich auf diese Weise aufspüren – und ich sie.« Er lächelte mit schmalen Lippen. »Überflüssig zu sagen, dass keiner von ihnen ein Vampyr ist.«

Ich war mir nicht ganz sicher, ob ich alles verstanden hatte, aber ich hatte zumindest begriffen, dass Mr. Crepsley seine Gedankenkraft nicht einsetzen konnte, um Evra zu finden.

Wieder eine Hoffnung weniger.

Doch die Unterhaltung hatte mich nachdenklich gemacht. Ich war davon überzeugt, dass es einen Weg gab, unsere Suche zu beschleunigen. Mr. Crepsleys Plan, die Kanalisation zu durchkämmen und darauf zu hoffen, dass wir zufällig über den Vampyr stolperten, war unzulänglich. Gab es sonst nichts, was wir tun konnten? Keine Möglichkeit, Murlough anzulocken und ihm eine Falle zu stellen?

Ich zwang mich, mich wieder auf unsere Suche zu konzentrieren. Falls wir dem verrückten Vampyr tatsächlich über den Weg laufen sollten, wollte ich darauf vorbereitet sein. Aber meine Gedanken kreisten immer noch um dieselben Fragen.

Irgendetwas, was der Vampyr gesagt hatte, schwirrte mir im Kopf herum, aber ich bekam es nicht zu fassen. In Gedanken ging ich noch einmal unsere ganze Unterhaltung durch. Wir hatten über Evra, Mr. Crepsley, Debbie und einen Tauschhandel gesprochen und ...

Debbie.

Murlough hatte angekündigt, sie zu töten und auszusaugen. Zum Zeitpunkt unseres Gesprächs hatte ich das für eine leere Drohung gehalten, aber je länger ich darüber nachdachte, desto mehr fragte ich mich, ob er nicht doch ernsthaft an ihr interessiert war.

Er musste sehr hungrig sein, so tief unter der Erde. Schließlich war er daran gewöhnt, regelmäßig zu trinken. Wir hatten seine letzte Mahlzeit vereitelt. Er hatte gesagt, dass er sich schon auf Evras Blut freute, aber stimmte das wirklich? Vampire vertrugen kein Schlangenblut, und ich hätte wetten können, Vampyre auch nicht. Vielleicht stellte sich heraus, dass Evras Blut ebenfalls ungenießbar war. Vielleicht würde Murlough meinen Freund zwar wie geplant am Weihnachtstag töten, konnte sich aber nicht an ihm satt trinken. Er hatte während unserer Unterhaltung ein paar Mal erwähnt, wie appetitlich Debbie aussah. War das ein versteckter Hinweis, dass Evra *nicht* appetitlich aussah?

Während wir weitergingen, überschlugen sich meine Gedanken. Aber ich sagte nichts, als Mr. Crepsley riet, an die Oberfläche zurückzukehren (er hatte eine Art innere Uhr), denn ich befürchtete, dass Murlough uns vielleicht belauschte. Ich schwieg auch, als wir aus der Tunnelöffnung kletterten und durch die Straßen trabten, bevor wir wieder den Weg über die Dächer einschlugen. Ich hielt meine Zunge sogar noch im Zaum, als wir durch das Hotelfenster schlüpften und erschöpft, enttäuscht und traurig in unsere Sessel fielen. Aber dann hustete ich leise, um den Vampir auf mich aufmerksam zu machen. »Ich glaube, ich habe eine Idee«, sagte ich und begann ihm meinen Plan zu erläutern.

KAPITEL 19

Als ich bei Debbie anrief, nahm Jesse den Hörer ab. Ich fragte, ob ich meine Freundin sprechen könne.

»Von mir aus gern, wenn sie schon wach wäre. Weißt du, wie spät es ist?«

Ich blickte auf die Uhr: kurz vor sieben Uhr morgens.

»Oh«, stotterte ich verlegen. »Entschuldigung. Daran habe ich nicht gedacht. Habe ich Sie geweckt?«

»Nein«, sagte er. »Ich muss noch mal im Büro vorbeischauen, deshalb kann ich nicht ausschlafen. Du hast mich gerade noch erwischt – ich war schon fast aus der Tür, als das Telefon klingelte.«

»Sie müssen am Tag vor Weihnachten arbeiten?«

»Ohne Fleiß kein Preis«, lachte er. »Aber ich gehe nur ein paar Stunden hin. Muss vor den Feiertagen noch ein paar Sachen zu Ende bringen. Ich bin rechtzeitig zum Mittagessen zurück. Dabei fällt mir ein: Dürfen wir mit dir rechnen?«

»Ich komme gern«, erwiderte ich. »Deshalb rufe ich ja an.«

»Prima!« Er schien ehrlich erfreut. »Und was ist mit Evra?«

»Der kann leider nicht«, entgegnete ich. »Er ist immer noch krank.«

»Schade. Sag mal, soll ich Debbie wecken? Ich könnte …«

»Schon okay«, unterbrach ich ihn hastig. »Richten Sie ihr einfach aus, dass ich komme. Ist zwei Uhr in Ordnung?«

»Zwei passt ausgezeichnet«, bestätigte Jesse. »Bis dann, Darren.«

»Tschüss, Jesse.«

Ich hängte auf und ging sofort ins Bett. Mir brummte immer noch der Kopf von allem, was Mr. Crepsley und ich besprochen hatten, aber ich schloss die Augen und versuchte, an etwas Schönes zu denken. Sekunden später fiel mein strapazierter Körper in Tiefschlaf, und ich wachte erst wieder auf, als am Nachmittag der Wecker klingelte.

Als ich aufstand, schmerzte mein Brustkorb, und mein Bauch war von Murloughs gewaltigem Kopfstoß mit blauen und roten Flecken übersät. Nach ein paar Schritten wurde es besser, aber ich achtete darauf, keine abrupten Bewegungen zu machen, und bückte mich so selten wie möglich.

Ich duschte ausgiebig und sprühte mich nach dem Abtrocknen am ganzen Körper mit Deodorant ein – trotzdem konnte ich den fauligen Kloakengestank nur mit Mühe überdecken. Dann zog ich mich an und steckte eine Flasche Wein ein, die Mr. Crepsley als Gastgeschenk für Debbies Eltern besorgt hatte.

Wie der Vampir mir geraten hatte, klopfte ich an die Hintertür. Donna öffnete. »Darren!«, rief sie erfreut aus und küsste mich auf beide Wangen. »Frohe Weihnachten!«

»Frohe Weihnachten«, erwiderte ich.

»Warum hast du nicht vorne geklingelt?«, fragte sie.

»Ich wollte Ihren Teppich nicht schmutzig machen«,

log ich und streifte mir die Schuhe an der Fußmatte im Korridor ab. »Draußen liegt ziemlicher Schneematsch.«
»Du Dummerchen«, lächelte sie. »Wen kümmern an Weihnachten schon Teppiche? Debbie!«, rief sie nach oben. »Hier ist ein fescher Pirat, der dich sprechen möchte.«
»Hallo«, sagte Debbie, als sie die Treppe herunterkam, und küsste mich ebenfalls auf beide Wangen. »Papa hat mir gesagt, dass du angerufen hast. Was ist in der Tüte drin?«
Ich zog die Weinflasche heraus. »Zum Essen«, erklärte ich. »Mein Vater hat gesagt, ich soll sie Ihnen geben.«
»Wie nett von ihm, Darren«, freute sich Donna. Sie nahm mir die Flasche ab und rief: »Schau mal, Jesse, was Darren uns mitgebracht hat.«
»Ah! Vino!« Jesses Augen fingen an zu leuchten. »Besser als das Zeug, das wir gekauft haben. Wir haben den richtigen Mann eingeladen. Du solltest öfter vorbeikommen, mein Junge. Wo ist der Korkenzieher?«
»Immer mit der Ruhe«, lachte Donna. »Das Essen ist doch noch gar nicht fertig. Ich stelle die Flasche in den Kühlschrank, und ihr setzt euch am besten alle ins Wohnzimmer. Ich rufe euch, wenn es so weit ist.«
Während wir warteten, zogen wir ein paar Knallbonbons, und Debbie fragte mich, ob mein Vater schon beschlossen hätte, wann wir abreisen würden. Ich nickte und meinte, wir würden noch am selben Abend aufbrechen.
»Heute Abend?«, rief sie bestürzt. »Niemand reist an Weihnachten, höchstens Leute, die nach Hause fahren.

Ich hätte große Lust, rüber zum Hotel zu gehen, ihn mir vorzuknöpfen und ...«
»Das ist es ja gerade«, unterbrach ich sie. »Wir fahren nach Hause. Mama und Papa wollen zusammen feiern, um Evra und mir eine Freude zu machen. Es sollte eine Überraschung sein, aber ich habe meinen Vater heute Morgen beim Telefonieren belauscht. Deshalb habe ich auch so früh angerufen – ich war ganz aufgeregt.«
»Oh.« Ich merkte, dass Debbie ziemlich durcheinander war, aber sie machte ein tapferes Gesicht. »Wie schön für dich. Ich wette, das ist dein schönstes Weihnachtsgeschenk. Vielleicht renkt sich ja alles ein, und sie vertragen sich wieder.«
»Vielleicht«, stimmte ich zu.
»Das heißt also, heute ist euer letzter gemeinsamer Nachmittag«, warf Jesse ein. »Das Schicksal trennt unser junges Liebespaar.«
»Paaaps«, ächzte Debbie und knuffte ihn in die Seite. »Musst du immer so was sagen! Das ist mir peinlich!«
»Dafür sind Väter da«, grinste Jesse. »Es ist unsere heilige Pflicht, unsere Töchter vor ihren Verehrern in peinliche Situationen zu bringen.«
Debbie schnitt ihm eine Grimasse, aber ich konnte sehen, dass sie das Geplänkel genoss.
Das Essen war großartig. Donna hatte sich schwer ins Zeug gelegt. Truthahn und Schinken zergingen förmlich auf der Zunge. Die Bratkartoffeln waren knusprig und das Gemüse so süß wie Zuckerwatte. Alles sah wundervoll aus und schmeckte sogar noch besser.
Während wir aßen, erzählte Jesse ein paar Witze, die uns vor Lachen brüllen ließen, und Donna führte ihren

Partytrick vor, der darin bestand, ein Brötchen auf der Nase zu balancieren. Debbie nahm einen Mund voll Wasser und gurgelte eine ganze Strophe von *Stille Nacht*. Dann war ich an der Reihe, die Gesellschaft zu unterhalten.

»Dieses Essen ist so gut«, ächzte ich, »dass ich glatt das Besteck mitessen könnte.« Während alle noch lachten, nahm ich einen Löffel, biss das gewölbte Ende ab, zerkaute es in kleine Stücke und schluckte es hinunter. Drei Augenpaare sprangen praktisch aus ihren Höhlen.

»Wie hast du das gemacht?«, quiekte Debbie.

»Wenn man viel herumkommt, lernt man eine Menge.« Ich zwinkerte ihr zu.

»Es war ein Scherzlöffel!«, rief Jesse aus. »Er hat uns an der Nase herumgeführt.«

»Geben Sie mir Ihren«, sagte ich. Er zögerte, drehte den Löffel prüfend zwischen den Fingern, um sicherzugehen, dass er echt war, und reichte ihn mir schließlich. Mit einem Haps hatte ich ihn verschlungen, und meine superharten Vampirzähne machten kurzen Prozess mit ihm.

»Das ist unglaublich!«, japste Jesse und klatschte wie verrückt. »Gib ihm die Schöpfkelle.«

»Moment mal!«, protestierte Donna, als Jesse über den Tisch langte. »Die gehört zu einer Garnitur und ist nicht so leicht zu ersetzen. Als Nächstes lässt du ihn noch auf das gute Porzellan meiner Großmutter los.«

»Warum nicht«, konterte Debbies Vater. »Ich konnte diese ollen Teller noch nie leiden.«

»Pass bloß auf«, warnte Donna und zwickte ihn in die Nase, »oder *du* kannst diese ollen Teller aufessen.«

Debbie grinste, beugte sich zu mir herüber und drückte meine Hand.

»Diese Löffel haben mich ganz durstig gemacht«, witzelte ich und stand auf. »Ich glaube, es ist Zeit für meinen Wein.«

»Hört, hört«, rief Jesse vergnügt.

»Ich hole ihn«, sagte Donna und wollte aufstehen.

»Nichts da«, widersprach ich und hielt sie zurück. »Sie haben uns den ganzen Nachmittag bedient. Es wird Zeit, dass Sie sich mal verwöhnen lassen.«

»Habt ihr gehört?«, Donna strahlte die beiden anderen an. »Ich glaube, ich sollte Debbie gegen Darren eintauschen. Dann hätte ich ein viel angenehmeres Leben.«

»Jetzt reicht's aber!«, schnaubte meine Freundin. »*Du* kriegst morgen keine Geschenke!«

Schmunzelnd holte ich den Wein aus dem Kühlschrank und entfernte die Metallfolie vom oberen Ende. Der Korkenzieher lag im Spülbecken. Ich wusch ihn ab, öffnete die Flasche und schnupperte daran. Von Wein verstand ich nicht viel, aber ich fand, dass er gut roch. Dann nahm ich vier saubere Gläser aus dem Schrank, wühlte kurz in meinen Taschen und machte mich an dreien von den Gläsern zu schaffen. Schließlich schenkte ich den Wein ein und ging ins Esszimmer zurück.

»Hurra!«, rief Jesse bei meinem Anblick.

»Was hast du die ganze Zeit gemacht?«, erkundigte sich Debbie. »Wir wollten schon einen Suchtrupp losschicken.«

»Ich habe den Korken nicht gleich herausbekommen«, schwindelte ich. »Ich habe keine Übung im Flaschenöffnen.«

»Du hättest einfach den Flaschenhals abbeißen sollen«, witzelte Jesse.
»Daran habe ich gar nicht gedacht«, erwiderte ich ernst. »Nächstes Mal. Danke für den Tipp.«
Jesse blickte mich einen Moment lang unsicher an. »Jetzt hättest du mich fast reingelegt!«, lachte er dann und drohte mir scherzhaft mit dem Finger. »Fast!«
Der in Kurzform wiederholte letzte Satz erinnerte mich einen Moment lang an Murlough, aber ich verscheuchte rasch jeden Gedanken an den Vampyr und hob mein Glas.
»Ich möchte einen Trinkspruch ausbringen!«, rief ich. »Auf die Schierlings. Auch wenn ihr einen lebensgefährlichen Namen tragt, ist eure Gastfreundschaft unübertrefflich. Prost!« Ich hatte den Spruch vorher heimlich geübt, und er ging mir so glatt über die Lippen, wie ich gehofft hatte. Alle stöhnten, lachten dann, hoben ihre Gläser und stießen mit mir an.
»Prost«, sagte Debbie.
»Prost«, wiederholte Donna.
»Auf Ex!«, grinste Jesse.
Wir tranken.

KAPITEL 20

In der Nacht vor dem Weihnachtstag.
Tief drunten in der Kanalisation.

Wir waren erst wenige Stunden unterwegs, aber es kam mir wie eine Ewigkeit vor. Wir waren verschwitzt und verdreckt, unsere Stiefel und Hosen waren klitschnass. Wir gingen inzwischen so schnell wir konnten und verursachten dabei ziemlichen Lärm. Mein Brustkorb tat noch immer weh, aber ich bemerkte den stechenden Schmerz kaum, wenn ich mich bückte, auf allen vieren kroch und mich um enge Biegungen wand.

»Nicht so schnell!«, zischte Mr. Crepsley zum ich weiß nicht wievielten Mal. »Wenn du so weitermachst, hört er uns. Wir müssen vorsichtiger sein.«

»Zum Teufel mit Ihrer Vorsicht!«, rief ich über die Schulter. »Es ist unsere letzte Chance, ihn zu finden. Wir müssen eine möglichst große Fläche absuchen. Es ist mir egal, wie viel Lärm wir dabei machen.«

»Aber wenn Murlough uns hört …«, begann Mr. Crepsley.

»… dann hacken wir ihm den Kopf ab und stopfen ihn mit Knoblauch voll!«, knurrte ich, während ich noch schneller und geräuschvoller weiterstapfte.

Nach einiger Zeit erreichten wir einen besonders geräumigen Tunnel. Das Wasser stand in den meisten

Rohren höher als am Abend davor, weil der Schnee auf den Straßen allmählich schmolz, aber dieser Teil war trocken. Vielleicht war er nur für den Notfall gedacht, falls die anderen Rohre überliefen.

»Lass uns hier einen Augenblick ausruhen«, ächzte Mr. Crepsley und sank auf den Boden. Die Suche strengte ihn noch mehr an als mich, weil er größer war und sich tiefer bücken musste.

»Dazu haben wir jetzt keine Zeit«, sagte ich unwirsch. »Glauben Sie etwa, dass Murlough sich ausruht?«

»Darren, du musst dich wieder beruhigen«, mahnte Mr. Crepsley. »Ich verstehe deine Ungeduld ja, aber es hilft Evra auch nicht weiter, wenn wir den Kopf verlieren. Du bist genauso erschöpft wie ich. Ein paar Minuten machen keinen Unterschied, weder im einen noch im anderen Fall.«

»Evra ist Ihnen völlig schnuppe«, sagte ich vorwurfsvoll. »Er ist irgendwo hier unten und wird gefoltert oder gebraten, und Sie denken bloß an Ihre müden alten Beine.«

»Meine Beine *sind* alt«, grummelte der Vampir, »und sie *sind* müde. Und deine bestimmt auch. Setz dich hin und führ dich nicht auf wie ein trotziges Kleinkind. Wenn das Schicksal will, dass wir deinen Freund finden, dann finden wir ihn auch. Wenn nicht …«

Ich fauchte den Vampir hasserfüllt an und baute mich vor ihm auf. »Geben Sie mir die Taschenlampe!«, befahl ich und wollte sie seinen Fingern entwinden. Meine eigene Taschenlampe war mir im Verlauf der Suche heruntergefallen und zerbrochen. »Ich gehe ohne Sie weiter. Sie können ja hier bleiben und sich *ausruhen*. Ich finde Evra auch allein.«

»Schluss mit dem Unsinn«, zischte er und schubste mich weg. »Du benimmst dich unmöglich. Reg dich ab und ...«

Ich zerrte wütend an der Taschenlampe, und Mr. Crepsleys Finger gaben nach. Aber die Lampe entglitt auch meiner Hand und zersprang an der Tunnelwand in tausend Scherben. Mit einem Schlag war es stockfinster.

»Du Idiot!«, brüllte mein Lehrer. »Jetzt müssen wir umkehren und eine neue holen. Nur wegen dir verlieren wir kostbare Zeit. Ich habe es ja kommen sehen, dass so etwas passiert.«

»Klappe!«, schrie ich und versetzte ihm einen Stoß vor die Brust. Er fiel hin, und ich taumelte blindlings voran.

»Darren!«, rief Mr. Crepsley. »Wo willst du hin?«

»Zu Evra«, gab ich zurück.

»Auf keinen Fall! Nicht auf eigene Faust! Komm zurück und hilf mir aufstehen: Ich habe mir den Fuß verknackst. Wir holen stärkere Lampen, dann geht es schneller voran. Ohne Licht kannst du nicht weitersuchen.«

»Ich habe immer noch meine Ohren«, konterte ich. »Außerdem kann ich tasten und rufen. Evra!«, gellte ich zum Beweis. »Evra! Wo bist du? Ich bin es!«

»Sch! Murlough hört dich noch. Sei still und komm zurück!«

Ich hörte, wie der Vampir sich aufrappelte, holte tief Luft und rannte los. Erst lief ich geradeaus in den Tunnel hinein, verlangsamte dann mein Tempo und entdeckte eine schmalere Abzweigung. Ich schlüpfte hinein und kroch auf allen vieren weiter. Mr. Crepsleys

Rufe verhallten allmählich. Ich erreichte eine weitere Abzweigung und folgte ihr. Dann noch eine. Und noch eine. Nach fünf Minuten war der Vampir außer Hörweite.

Ich war allein. Im Dunkeln. Unter der Erde.

Ein Schauder überlief mich, aber dann erinnerte ich mich wieder, warum ich hier war und was auf dem Spiel stand. Ich tastete umher und entdeckte einen breiteren Gang.

»Evra«, rief ich leise, räusperte mich und wiederholte lauter: »Evra! Ich bin's, Darren! Hörst du mich? Ich komme und helfe dir. Antworte, wenn du mich hören kannst. Evra. Evra? Evra!«

Ohne etwas zu sehen, aber mit gespitzten Ohren und dabei unablässig rufend, kroch ich voran – eine leichte Beute für die Dämonen der Dunkelheit.

Ich weiß nicht, wie lange ich auf diese Weise weitersuchte. Irgendwann hatte ich jedes Zeitgefühl und jeden Orientierungssinn verloren und hätte nicht einmal gemerkt, wenn ich die ganze Zeit im Kreis gegangen wäre. Ich kroch immer weiter voran, rief dabei Evras Namen, schürfte mir die Hände an den rauen Tunnelwänden auf und fühlte, wie meine Beine und Füße von der Kälte und Feuchtigkeit allmählich taub wurden.

Manchmal kitzelte ein Luftzug mich an der Nasenspitze und erinnerte mich an die oberirdische Welt. Dann beschleunigte ich mein Tempo noch, weil ich fürchtete, die Nerven zu verlieren, wenn ich die frische Luft einsog.

Der Weg führte abwärts, immer tiefer hinein in das un-

terirdische System aus Rohren und Gewölben. Ich fragte mich, wie viele Menschen diesen Ort wohl im Lauf der Jahre betreten hatten. Bestimmt nicht viele. In manchen der älteren Gänge war ich vielleicht der erste Mensch (oder *Halb*mensch) seit Jahrzehnten. Unter anderen Umständen hätte ich bestimmt die Anfangsbuchstaben meines Namens in die Wände geritzt.
»Evra! Hörst du mich? Evra!«, rief ich wieder und wieder.
Aber niemand antwortete, womit ich eigentlich auch nicht rechnete. Selbst wenn ich zufällig auf das Versteck des Vampyrs stieß, war es doch sehr wahrscheinlich, dass er dem Schlangenjungen den Mund zugeklebt hatte. Es war nicht Murloughs Art, so ein kleines, aber entscheidendes Detail zu übersehen.
»Evra!«, krächzte ich heiser. »Bist du da? Kannst du …«
Ohne Vorwarnung, völlig überraschend, boxte mich jemand so fest in den Rücken, dass ich hinfiel. Mit einem Schmerzensschrei purzelte ich über den Boden und starrte angestrengt in die Dunkelheit.
»Wer ist da?«, fragte ich mit zitternder Stimme. Ein amüsiertes Kichern war zu hören. »Wer ist da?«, japste ich. »Mr. Crepsley? Sind Sie das? Sind Sie mir gefolgt? Oder bist du es …«
»Nein«, raunte Murlough mir ins Ohr. »Bin ich nicht.« Direkt vor meinen Augen blitzte eine Taschenlampe auf.
Ich war geblendet. Ich schnappte nach Luft und schloss die Augen. Jeder Gedanke an Verteidigung war vergessen. Darauf hatte der Vampyr nur gewartet. Blitzschnell beugte er sich vor, öffnete den Mund und

hauchte mich an … mit dem Atem der Untoten … dem Gas, das bewusstlos macht.
Ich versuchte noch, mich wegzudrehen, aber es war schon zu spät. Das Gas war in mich eingedrungen. Es schoss durch meine Nasenlöcher hinunter in meine Kehle und überflutete meine Lungen. Ich krümmte mich und hustete krampfhaft.
Das Letzte, woran ich mich erinnere, ist, dass ich vornüber kippte und Murloughs nackte Füße immer größer wurden, als ich ihnen entgegenfiel.
Und dann … nichts mehr. Bodenlose Finsternis.

KAPITEL 21

Als ich zu mir kam, fand ich mich Auge in Auge mit einem Totenschädel wieder. Keinem sehr alten Totenschädel allerdings, denn an dem Knochen hingen noch Reste von Fleisch, und einer der Augäpfel lag lose in seiner Höhle.

Ich stieß einen Schrei aus und wollte zurückweichen, aber es ging nicht. Ich blickte an meinem Körper hinauf (*hinauf*? wieso nicht *herunter*?) und stellte fest, dass ich mit einem Seil gefesselt war. Nach einigen Sekunden völliger Verwirrung bemerkte ich ein weiteres Seil um meine Fußknöchel, und mir dämmerte, dass ich mit dem Kopf nach unten hing.

»Ich wette, die Welt sieht aus diesem Blickwinkel ganz anders aus«, höhnte Murlough.

Ich drehte mich zu ihm um – Arme und Beine vermochte ich zwar nicht zu bewegen, aber ich konnte das Seil zum Pendeln bringen – und sah, dass er nicht weit von dem Totenschädel entfernt in der Hocke saß und Fingernägel kaute. Er streckte einen Fuß vor und stieß den Totenschädel an. »Sag Evra Guten Tag«, kicherte er.

»Nein!«, schrie ich, schwang vor und versuchte, die Zähne in seine Wade zu schlagen. Leider war das Seil zu kurz. »Sie haben versprochen, ihn nicht vor Weihnachten zu töten!«

»Was? Es *ist* noch gar nicht Weihnachten?«, fragte Murlough unschuldig. »Na so was! Tschuldigung. Kleine Verwechslung, hm?«
»Ich bringe Sie um«, schwor ich. »Ich ...«
Ein Ächzen ließ mich verstummen. Ich wandte den Kopf und stellte fest, dass ich nicht allein war. Ein paar Meter von mir entfernt baumelte noch jemand mit dem Kopf nach unten.
»Wer ist das?«, fragte ich. Ich war ganz sicher, dass es Mr. Crepsley war. »Wer ist da drüben?«
»D-D-D-Darren?«, wisperte ein dünnes Stimmchen.
»Evra?«, japste ich ungläubig.
Murlough lachte und knipste eine starke Taschenlampe an. Es dauerte ein paar Sekunden, bis sich meine Augen an das Licht gewöhnt hatten, aber dann erkannte ich die vertraute Gestalt des Schlangenjungen. Er sah hungrig, erschöpft und verängstigt aus – aber er lebte.
Evra lebte!
»Angeschmiert, hm?«, kicherte der Vampyr und schlurfte näher.
»Was machst du denn hier, Darren?«, stöhnte Evra. Sein Gesicht war übel zerschrammt, und ich bemerkte einige rosige Stellen auf seinem rechten Arm und der rechten Schulter, wo seine Schuppen brutal abgerissen worden waren. »Wie hat er ...«
»Das reicht, du räudiges Reptil!«, grollte Murlough und versetzte meinem Freund einen Tritt, dass sein Seil nach hinten schwang.
»Aufhören!«, brüllte ich.
»Wieso sollte ich?«, gab Murlough zurück. »Halt die Klappe«, warnte er Evra. »Wenn du noch einmal ohne

meine Erlaubnis den Mund aufmachst, waren das deine letzten Worte. Kapiert?« Der Junge nickte ängstlich. Er schien überhaupt keinen Kampfgeist mehr zu besitzen. Er bot einen jämmerlichen Anblick. Aber wenigstens war er noch am Leben. Das war die Hauptsache.

Ich musterte meine Umgebung. Wir befanden uns in einer geräumigen Höhle. Es war zu dunkel, um zu erkennen, ob sie auf natürliche Weise entstanden oder von Menschenhand geschaffen war. Evra und ich waren an einer Eisenstange aufgehängt. Der Boden war mit Skeletten übersät. Irgendwo hörte ich Wasser tropfen, und in einer Ecke entdeckte ich ein provisorisches Lager.

»Warum haben Sie mich hierher gebracht?«, fragte ich.

»Schlänglein war einsam«, säuselte Murlough. »Dachte, du könntest ihm ein bisschen Gesellschaft leisten, hm?«

»Wie haben Sie mich gefunden?«

»Das war leicht«, erklärte Murlough. »Kinderleicht. Hab dich und den Vampir kilometerweit gehört. Bin euch gefolgt. Der gute alte Murlough kennt diese Gänge wie seine Westentasche, jawoll. Der gute alte Murlough ist nämlich schlau. Bin schon lang genug hier unten. Hab derweil nicht nur Däumchen gedreht.«

»Warum haben Sie uns nicht schon früher überfallen?«, erkundigte ich mich. »Ich dachte, Sie wollten Mr. Crepsley umbringen.«

»Das *werde* ich auch«, versicherte Murlough. »Wollte nur den richtigen Moment abpassen. Dann bist du losgerannt und hast es mir leicht gemacht. So ein

Schnäppchen konnte der gute alte Murlough sich nicht entgehen lassen. Den Vampir hole ich mir später. Fürs Erste bin ich mit dir zufrieden. Mit dir und Schlänglein.«

»Mein Lehrer war allein«, sagte ich herausfordernd. »Ohne Taschenlampe. Im Dunkeln. Aber Sie haben sich für *mich* entschieden. Sie sind ein Feigling. Sie hatten zu viel Angst, jemanden anzugreifen, der so groß ist wie Sie. Sie sind bloß ein …«

Meine Kinnlade machte überraschende Bekanntschaft mit Murloughs Faust, und ich sah Sternchen.

»Sag das noch mal«, zischte er, »und ich schneide dir ein Ohr ab.«

Ich starrte den Vampyr hasserfüllt an, aber ich schwieg.

»Murlough hat vor überhaupt nichts Angst!«, prahlte er. »Schon gar nicht vor einem klapprigen, altersschwachen Vampir wie Crepsley. Was ist das überhaupt für ein Vampir, der sich mit Kindern zusammentut, hm? Er ist die Mühe nicht wert. Ich schnappe ihn mir später. Du hast mehr Mumm. Du bist heißblütiger.« Murlough beugte sich zu mir herab und kniff mich in die Wange. »Ich mag heißes Blut«, fügte er leise hinzu.

»Sie können mein Blut nicht trinken«, erwiderte ich. »Ich bin ein Halbvampir. Nach dem Gesetz bin ich für Sie tabu.«

»Vielleicht kümmere ich mich ja nicht mehr um Gesetze. Ich bin niemandem zu etwas verpflichtet. Ich bin niemandem Rechenschaft schuldig. Hier unten gelten die Gesetze der Vampyre nicht. Ich mache, was ich will.«

»Es ist giftig«, keuchte ich. »Vampirblut ist Gift für Vampyre.«
»Tatsächlich?«
»Ja. Und Schlangenblut auch. Sie können sich an keinem von uns beiden gütlich tun.«
Murlough schnitt eine Grimasse.
»Was das Schlangenblut betrifft, hast du leider Recht«, knurrte er. »Ich habe ihm ein paar Tropfen abgezapft – nur zum Probieren, verstehst du, nur zum Probieren – und mir war noch Stunden später kotzübel.«
»Ich hab's Ihnen ja gesagt!«, triumphierte ich. »Wir nützen Ihnen nichts. Unser Blut taugt nichts. Es ist ungenießbar.«
»Wirklich schade«, seufzte Murlough, »aber ich kann euch immer noch ausbluten lassen und aufessen, auch wenn ich euer Blut nicht vertrage.« Er versetzte Evra und mir einen Stoß, so dass wir an unseren Seilen heftig hin und her schwangen. Mir wurde schlecht.
Dann verschwand Murlough kurz, um etwas zu holen. Er kam mit zwei riesigen Messern zurück. Als Evra sie erblickte, wimmerte er leise.
»Ah! Schlänglein ist wieder eingefallen, was man damit macht«, lachte Murlough hämisch. Er wetzte die Klingen aneinander und erzeugte ein helles, schabendes Geräusch, von dem ich eine Gänsehaut bekam. »Damit hatten wir schon viel Spaß, weißt du noch, Reptilchen?«
»Es tut mir Leid, Darren«, schluchzte Evra. »Ich habe ihm verraten, wo ihr seid. Ich wollte es nicht, aber er hat angefangen, mir die Schuppen abzuschneiden, und … und …«

»Schon okay«, erwiderte ich ruhig. »Mach dir keine Vorwürfe. Ich hätte an deiner Stelle auch geredet. Es hat ihm sowieso nichts geholfen. Wir hatten bereits das Hotel gewechselt.«
»Anscheinend hast du bei eurem Umzug deinen Grips dort liegen lassen«, bemerkte Murlough. »Hast du wirklich geglaubt, du könntest dich in mein Versteck schleichen, Schlänglein befreien und fröhlich pfeifend mit ihm davonspazieren? War dir nicht klar, dass ich der Herr dieser Unterwelt bin und alles tun würde, um dich an deinem Vorhaben zu hindern?«
»Doch, das war mir klar«, erwiderte ich leise.
»Und du bist trotzdem hergekommen?«
»Evra ist mein Freund«, erwiderte ich schlicht. »Ich würde alles für ihn tun.«
Murlough schüttelte den Kopf und schnaubte: »Das kommt von dem Rest deiner Menschennatur. Wärst du ein vollwertiger Vampir, hättest du dir die Sache zweimal überlegt. Ich bin überrascht, dass Crepsley dich überhaupt so weit begleitet hat, bevor er Schiss gekriegt hat und verduftet ist.«
»Er ist nicht verduftet!«, schrie ich.
»O doch, o doch«, lachte Murlough. »Ich bin ihm den ganzen Weg bis nach oben gefolgt. Deshalb hat es auch eine Weile gedauert, bis ich mich mit dir befassen konnte. Er ist gerannt, als wäre die Mittagssonne höchstpersönlich hinter ihm her.«
»Sie lügen!«, rief ich. »Er ist nicht gerannt. Er würde mich niemals im Stich lassen.«
»Ach nein?« Der Vampyr grinste. »Du kennst ihn nicht so gut, wie du glaubst, mein Junge. Er ist weg. Er hat den Schwanz eingekniffen. Er ist wahrscheinlich

schon auf halbem Wege dorthin zurück, wo er hergekommen ist.«

Ohne Vorwarnung machte Murlough einen Satz auf mich zu und schwenkte die beiden Klingen vor meinem Gesicht. Ich schrie auf, schloss die Augen und erwartete den tödlichen Schnitt in die Halsschlagader. Aber er stoppte wenige Millimeter vor meinem Gesicht ab, kitzelte mich mit den Messerspitzen an den Ohren und trat wieder einen Schritt zurück.

»War bloß ein kleiner Test«, erklärte er. »Wollte nur sehen, wie viel Mumm du hast. Nicht viel, hm? Schlänglein hat erst beim dritten oder vierten Mal geschrien. Du bist nicht so amüsant, wie ich gehofft hatte. Vielleicht sollte ich mir gar nicht erst die Mühe machen, dich ein bisschen zu quälen. Vielleicht bringe ich dich lieber gleich um. Was meinst du dazu, Halbvampir? Für dich wäre es bestimmt das Beste: keine Schmerzen, kein Leiden, keine Alpträume. Schlänglein hat schreckliche Alpträume. Erzähl ihm von deinen Alpträumen, Reptilchen. Erzähl Darren, wie du schreiend und schluchzend wie ein Baby aufwachst.«

Evra presste die Lippen zusammen und antwortete nicht.

»Oho!«, grinste Murlough höhnisch. »Jetzt, wo dein Freund hier ist, wirst du wohl mutig, was? Findest deinen Mumm wieder, hm? Keine Sorge – das treiben wir dir ganz schnell aus.«

Erneut wetzte er die Messer aneinander und trat hinter uns, so dass wir ihn nicht mehr sehen konnten. »Mit wem soll ich anfangen?«, überlegte er laut und hüpfte dabei voller Vorfreude auf und ab. »Ich glaube … ich nehme …« Er verstummte. Ich spürte, wie sich meine Nackenhaare aufstellten.

»Dich!«, brüllte er plötzlich und stürzte sich auf … *mich*.

KAPITEL 22

Murlough riss meinen Kopf an den Haaren zurück. Ich fühlte, wie sich die Messerklinge in die zarte Haut meiner Kehle grub, und meine Muskeln verkrampften sich in Erwartung des tödlichen Schnittes. Ich wollte schreien, aber die Klinge hinderte mich daran. »Das war's dann wohl«, dachte ich. »Das ist das Ende. Was für ein jämmerlicher, sinnloser Tod.«

Aber der Vampyr wollte mich nur necken. Langsam nahm er das Messer zurück und lachte bösartig. Er hatte alle Zeit der Welt. Er brauchte sich nicht zu beeilen. Er wollte erst noch ein bisschen seinen Spaß mit uns haben.

»Du hättest nicht herkommen sollen«, ächzte Evra. »Das war dumm von dir.«

Er machte eine Pause. »Trotzdem danke«, fügte er hinzu.

»Hättest *du mich* etwa im Stich gelassen?«, fragte ich.

»Ja«, sagte er, aber ich wusste, dass er log.

»Mach dir keine Sorgen«, beruhigte ich ihn. »Wir kommen schon noch irgendwie hier raus.«

»Raus?«, polterte Murlough. »Red keinen Quatsch. Wie wollt ihr denn fliehen? Wollt ihr vielleicht die Seile durchbeißen? Ihr könntet es schaffen, wenn ihr mit den Zähnen nahe genug herankämt, aber das

könnt ihr vergessen. Oder habt ihr vor, sie mit eurer Vampir-Superkraft zu zerreißen? Das wird euch niemals gelingen! Keine Chance. Sie sind zu dick. Ich habe sie vorher eigenhändig überprüft.
Gesteh dir endlich ein, dass du erledigt bist, Darren Shan. Niemand wird dir zu Hilfe eilen. Niemand weiß, wo du bist. Ich lasse mir schön Zeit mit dir: Erst hacke ich dich in lauter kleine Stückchen, und dann verstreue ich dich wie Konfetti in der ganzen Stadt. Du kannst nicht das Geringste dagegen tun, *also finde dich damit ab!*«
»Lassen Sie wenigstens Evra laufen«, bettelte ich. »Jetzt haben Sie ja mich. Da brauchen Sie ihn nicht mehr. Denken Sie nur daran, wie schrecklich es für ihn wäre, wenn Sie ihn laufen lassen: Er würde sich für den Rest seines Lebens Vorwürfe machen, dass ich mich für ihn geopfert habe. Was für ein furchtbares Schicksal. Schlimmer als der Tod.«
»Kann sein«, grunzte Murlough. »Aber ich bin ein einfacher Mann. Ich bevorzuge einfache Vergnügungen. Deine Idee ist nicht schlecht, aber ich ziehe es vor, ihn langsam und qualvoll aufzuschlitzen, falls du nichts dagegen hast. Macht weniger Umstände.«
»Bitte«, schluchzte ich. »Lassen Sie ihn gehen. Ich mache auch alles, was Sie wollen. Ich … ich … ich … bringe Sie zu Mister Crepsley.«
Murlough lachte. »Zu spät. Die Chance hast du verspielt. Dein Pech. Außerdem kannst du mich gar nicht mehr zu ihm führen. Er hat bestimmt wieder das Hotel gewechselt. Vielleicht hat er sogar die Stadt verlassen.«
»Es muss doch etwas geben, womit ich Sie umstimmen

kann!«, rief ich verzweifelt. »Irgendetwas ...« Ich hielt inne.
Ich konnte förmlich hören, wie Murlough die Ohren spitzte.
»Na?«, fragte er neugierig nach einigen Sekunden des Schweigens. »Was wolltest du eben sagen?«
»Warten Sie einen Moment!«, fauchte ich. »Ich muss erst nachdenken.« Ich fühlte, wie Evras Blick auf mir ruhte, teils hoffnungsvoll, teils in das schreckliche Schicksal ergeben, dem keiner von uns entfliehen konnte.
»Nun red schon«, befahl Murlough, ging um mich herum und baute sich vor mir auf. Sein Gesicht war so dunkelrot, dass es mit dem Dämmerlicht der Höhle verschmolz. Seine Augen und Lippen sahen wie drei in der Luft schwebende rote Bälle aus, und sein farbloses Haar erinnerte an eine Fledermaus. »Ich habe nicht die ganze Nacht Zeit«, schnauzte er mich an. »Rede, solange du noch kannst.«
»Ich habe bloß nachgedacht«, sagte ich schnell. »Wenn Sie uns umgebracht haben, müssen Sie von hier verschwinden, nicht wahr?«
»Verschwinden?«, blaffte Murlough. »Meine schönen Katakomben verlassen? *Niemals!* Ich bin gern hier. Weißt du, wie ich mich hier unten immer fühle? Wie im Bauch der Stadt. Die Gänge sind wie Adern. Und diese Höhle ist das Herz, in dem das Blut der Stadt pulsiert.« Er lächelte, aber ausnahmsweise einmal nicht heimtückisch. »Verstehst du das?«, fragte er leise. »In einem lebendigen Körper zu wohnen, durch seine Lebensadern zu streifen, sich überall ungehindert zu bewegen?«

»*Trotzdem* werden Sie von hier verschwinden müssen«, erwiderte ich grob.

»Was soll dieses dauernde Gerede übers Verschwinden?«, fauchte er und piekste mich mit der Messerspitze. »Du gehst mir allmählich auf die Nerven.«

»Ich denke nur praktisch«, erklärte ich. »Hier können Sie nicht bleiben. Mister Crepsley weiß, wo Sie sind. Er kommt bestimmt zurück.«

»Dieser Feigling? Das glaube ich nicht. Er hat viel zu viel …«

»Er kommt mit Verstärkung zurück«, unterbrach ich ihn. »Mit anderen Vampiren.«

Murlough lachte. »Mit den Obervampiren etwa?«

»Ja«, bestätigte ich.

»Unsinn! Die dürfen mir nichts tun. Zwischen ihnen und uns besteht ein Abkommen. Keiner mischt sich in die Angelegenheiten des anderen ein. Crepsley ist kein Obervampir, oder?«

Ich schüttelte den Kopf.

»Na also!«, triumphierte Murlough. »Selbst wenn er einer wäre, könnte er gegen mich nichts ausrichten. Vorschriften und Gesetze und unterschiedliche Lebensweisen. Das ist den Vampiren genauso heilig wie den Vampyren.«

»Die Obervampire werden trotzdem kommen«, beharrte ich gelassen. »Vorher war es ihnen nicht möglich, aber jetzt hält sie nichts mehr zurück. Vielleicht kommen sie schon heute Abend. Sonst spätestens morgen. Vielleicht hat Mister Crepsley das ja von Anfang an beabsichtigt.«

»Was quasselst du da?« Murlough sah ein bisschen beunruhigt aus.

»Sie haben vorhin etwas Interessantes gesagt«, fuhr ich fort. »Sie waren überrascht, dass Mister Crepsley mich in diese Tunnel hinunterbegleitet hat. Ich habe vorhin nicht weiter darüber nachgedacht, aber jetzt muss ich Ihnen zustimmen. Es ist *wirklich* merkwürdig. Ich dachte natürlich, er wollte mir helfen, Evra zu suchen, aber jetzt glaube ich eher …«

»*Was?*«, kreischte Murlough, als ich verstummte. »Sprich gefälligst weiter. Heraus damit, oder …« Drohend hob er beide Messer.

»Dieser Pakt zwischen Vampiren und Vampyren«, sagte ich rasch. »Der besagt doch, dass die eine Partei sich nicht in die Angelegenheiten der anderen einmischen darf, nicht wahr?«

»Stimmt genau«, bestätigte das Ungeheuer.

»Außer es geht darum, sich zu verteidigen oder zu rächen.«

Murlough nickte.

Ich lächelte schwach. »Begreifen Sie denn nicht? Ich bin ein *Halbvampir*. Wenn Sie mich umbringen, haben die Obervampire einen stichhaltigen Grund, Sie zu verfolgen. Mister Crepsley muss das alles von langer Hand geplant haben.« Ich holte tief Luft und sah meinem Gegenüber direkt in die Augen. »Er hat es *absichtlich* so arrangiert, dass Sie mich fanden. Er *wollte*, dass Sie mich entführen. Er *wartet* nur darauf, dass Sie mich töten.«

Murloughs Augen weiteten sich. »Nein«, keuchte er. »Das würde er nicht wagen.«

»Er ist ein Vampir. Natürlich wird er es wagen. Es ist seine Heimatstadt. Ich bin bloß sein Gehilfe. Wen würden *Sie* an seiner Stelle lieber opfern?«

»Aber … Aber …« Der Vampyr kratzte sich nervös am Kinn. »Ich habe schließlich nicht angefangen!«, rief er. »*Ihr* seid *mir* nachgeschlichen.«
Ich schüttelte den Kopf. »*Mister Crepsley* ist Ihnen nachgeschlichen. Ich habe damit nichts zu tun. Ich bin keine Bedrohung für Sie. Wenn Sie mich umbringen, wird man Sie dafür zur Rechenschaft ziehen. Die Oberen werden Sie schnappen, und kein anderer Vampyr wird Ihnen zu Hilfe eilen.«
Murlough ließ meine Worte einen Augenblick lang auf sich wirken. Dann hüpfte er wie Rumpelstilzchen auf der Stelle und stieß dabei wilde Flüche aus. Ich ließ ihn eine Weile toben, bevor ich fortfuhr: »Es ist noch nicht zu spät. Lassen Sie mich laufen. Und Evra auch. Verlassen Sie die Stadt. Dann kann Ihnen niemand etwas anhaben.«
»Aber ich liebe diese Gewölbe«, beschwerte sich Murlough.
»So sehr, dass Sie bereit sind, dafür zu sterben?«, bohrte ich.
Seine Augen wurden schmal. »Du hältst dich wohl für oberschlau, was?«, knurrte er.
»Nicht besonders«, erwiderte ich. »Sonst wäre ich wohl kaum hierher gekommen. Aber es liegt einfach auf der Hand. Wenn Sie mich umbringen, Murlough, unterzeichnen Sie damit Ihr eigenes Todesurteil.«
Seine Schultern sackten herab, und ich wusste, dass mir nichts passieren würde. Nun musste ich nur noch Evra in Sicherheit bringen …
»Schlänglein«, zischte das Ungeheuer drohend. »*Er* ist kein Vampir. *Ihn* zu töten kann mich niemand abhalten, hm?«

»Nein!«, schrie ich. »Wenn Sie Evra etwas antun, gehe ich persönlich zu den Obervampiren und erzähle ihnen …«

»Erzählst ihnen *was*?«, fiel mir Murlough ins Wort. »Glaubst du, sie interessieren sich dafür? Glaubst du, sie riskieren wegen dieses jämmerlichen Regenwurms einen Krieg?« Er lachte. »Der gute alte Murlough hat Lust zu töten. Vielleicht muss er auf den kleinen Halbvampir verzichten, aber niemand kann ihm verbieten, Schlänglein abzumurksen. Schau gut zu, Darren Shan. Schau zu, wie ich dem Schlangenjungen einen neuen Mund schneide – *in seinen Bauch!*«

Er packte Evras Seil und zog es mit der linken Hand zu sich heran. Mit dem Messer in der Rechten zielte er auf die Magengegend meines Freundes und schickte sich an, den ersten Schnitt zu machen.

»Halt!«, schrie ich. »Tun Sie's nicht!«

»Wieso nicht?«, schnaubte Murlough.

»Ich tausche mit Evra!«, rief ich. »Nehmen Sie mich.«

»Da wäre ich ja schön dumm«, sagte Murlough. »Du bist ein Halbvampir. Keine Chance.«

»Dann verschaffe ich Ihnen jemand anderen! Jemand noch Besseren!«

»Wen?« der Vampyr lachte. »Wen hast du denn anzubieten, Darren Shan?«

»Ich biete Ihnen …«

Ich schluckte krampfhaft, schloss die Augen und flüsterte die schrecklichen Worte.

»Häh?«, fragte Murlough misstrauisch. »Sprich lauter. Ich verstehe nichts.«

»Ich sagte …« Ich fuhr mir mit der Zunge über die Lip-

pen und zwang mich, es noch einmal lauter zu wiederholen.
»Ich sagte, ich biete Ihnen meine Freundin an. Wenn Sie Evra verschonen, bringe ich Ihnen … *Debbie*.«

KAPITEL 23

Auf mein abscheuliches Angebot folgte ein langes Schweigen. Evra brach es zuerst.

»Nein!«, schrie er. »Tu's nicht! Das kannst du nicht machen!«

Ich ignorierte ihn. »Debbie gegen Evra«, wiederholte ich. »Was sagen Sie dazu?«

»Debbie?« Murlough kratzte sich nachdenklich die Wangen. Es dauerte ein paar Sekunden, bis ihm wieder einfiel, von wem ich sprach. Dann erschien ein breites Lächeln auf seinem Gesicht. »Ah! *Debbie!* Darren Shans appetitliche kleine Freundin.« Seine Augen funkelten gierig, als er sich an sie erinnerte.

»Sie bringt Ihnen viel mehr als Evra«, erklärte ich. »Ihr Blut ist nicht ungenießbar. Sie haben gesagt, Sie würden Sie gern aussaugen, weil sie bestimmt köstlich schmeckt.«

»O ja«, stimmte der Vampyr zu. »Salzig. Saftig.« Er ließ meinen Freund los und trat einen Schritt zurück. »Aber warum sollte ich mich überhaupt für einen von ihnen entscheiden?«, überlegte er laut. »Warum nehme ich nicht beide? Ich könnte erst den Schlangenjungen abmurksen und mich danach an Debbie gütlich tun. Sie ist eine leichte Beute. Ich brauche nur morgen den Platz zu beobachten, herauszufinden, wo sie wohnt, und wenn es dunkel wird ...« Er grinste.

»So viel Zeit haben Sie nicht«, erinnerte ich ihn. »Sie müssen heute Abend aus der Stadt verschwinden. Sie können nicht warten.«

»Himmel, was quasselst du denn da jetzt schon wieder?«, schnaubte Murlough. »Ich soll verschwinden? Warum denn? Wenn ich dich laufen lasse – und davon hast du mich inzwischen überzeugt –, brauche ich nicht zu verschwinden.«

»O doch«, widersprach ich. »Die Vampire werden nicht sofort herausfinden, dass ich noch am Leben bin. Sobald die Obervampire hier eintreffen, werden sie unverzüglich die Kanalisation absuchen. Irgendwann merken sie natürlich, dass ich entkommen bin, aber dann sind Sie vielleicht schon tot ...«

»Das werden sie nicht wagen!«, kreischte er. »Das bedeutet Krieg!«

»Das wäre ihnen gar nicht bewusst. Sie wären davon überzeugt, im Recht zu sein. Ihr Irrtum käme sie zwar teuer zu stehen, aber das nützt Ihnen dann auch nichts mehr. Sie müssen die Stadt so schnell wie möglich verlassen. In ein paar Wochen können Sie ja wieder zurückkommen, aber wenn Sie noch länger zögern, kann ich für nichts garantieren.«

»Der gute Murlough will aber nicht fortgehen«, schmollte der Vampyr. »Ich bin gern hier. Ich will nicht weg. Aber du hast Recht«, seufzte er. »Ich sollte mich lieber für ein paar Tage aus dem Staub machen, mich in irgendeinen dunklen, leer stehenden Keller zurückziehen. Mich verkriechen und Gras über die Sache wachsen lassen.«

»Sie sehen also, dass Debbie ein viel besseres Opfer ist als Evra«, fing ich wieder an. »Sie haben doch bestimmt

Hunger. Sollten Sie nicht lieber noch etwas zu sich nehmen, bevor Sie aufbrechen?«

»O ja«, stimmte das Ungeheuer zu und rieb sich den fetten Wanst.

»Aber jemanden ohne einen guten Plan zu überfallen ist gefährlich. Vampire sind so etwas gewöhnt, aber Vampyre pflegen anders vorzugehen, nicht wahr?«

»Stimmt«, bestätigte Murlough. »Wir sind schlauer als die Vampire. Wir denken voraus. Machen einen Plan. Zeichnen unsere Opfer vorher.«

»Leider haben Sie auch dazu keine Zeit mehr«, rief ich ihm ins Gedächtnis. »Sie brauchen einen schnellen Imbiss, um bei Kräften zu bleiben, während Sie sich versteckt halten. *Ich* könnte Ihnen da behilflich sein. Wenn Sie auf meinen Vorschlag eingehen, bringe ich Sie zu Debbie. Ich kann Sie ins Haus und wieder heraus schmuggeln, ohne dass es jemand merkt.«

»Darren! Nein!«, brüllte Evra. »Ich will das nicht! Du darfst nicht …«

Murlough boxte ihn grob in den Magen, und der Schlangenjunge schnappte nach Luft.

»Wieso sollte ich dir trauen?«, zischte der Vampyr. »Woher weiß ich, dass du mich nicht reinlegen willst?«

»Wie sollte ich das denn anstellen?«, gab ich zurück. »Von mir aus können Sie mir die Hände auf den Rücken fesseln und die ganze Zeit ein Messer an die Kehle halten. Lassen Sie Evra ruhig, wo er ist. Wenn Sie Ihre Mahlzeit beendet haben und verschwunden sind, komme ich zurück und hole ihn. Sollte ich irgendwelche Tricks versuchen, bedeutet das seinen und meinen Tod. Ich bin nicht dumm. Ich weiß, was auf dem Spiel steht.«

Während er über mein Angebot nachdachte, summte Murlough tonlos vor sich hin.

»Bitte tu's nicht«, jammerte Evra noch einmal.

»Ich habe keine andere Wahl«, erwiderte ich leise.

»Ich will nicht, dass Debbie für mich stirbt«, protestierte er. »Lieber sterbe ich selber.«

»Mal sehen, ob du morgen immer noch dieser Meinung bist«, brummte ich.

»Wie kannst du so etwas tun?«, fragte er. »Wie kannst du sie einfach so opfern, als wäre sie bloß ein ... ein ...«

»Ein *Mensch*«, sagte ich kurz angebunden.

»Ich meinte, ein *Tier*.«

Ich lächelte schwach. »Für einen Vampir macht das keinen Unterschied. Du bist mein bester Freund, Evra. Debbie ist nur ein Mensch, wenn auch einer, den ich besonders gut leiden kann.«

Der Schlangenjunge schüttelte bekümmert den Kopf. »Ich erkenne dich nicht wieder«, murmelte er und wandte sich ab.

»Also gut.« Murlough hatte einen Entschluss gefasst. Er zog die Messer erst zurück, dann stieß er zu. Ich schrie auf, aber er schnitt bloß das Seil um meine Fußknöchel durch. Ich plumpste hart auf den Boden.

»Ich nehme dein Angebot an«, verkündete der Vampyr. »Aber wenn du auch nur den kleinsten Versuch machst ...«

»Keine Sorge«, unterbrach ich ihn und rappelte mich hoch. »Und? Wo bleibt Ihr Wort?«

»Häh?«

»Sie haben mir noch nicht Ihr Wort gegeben. Vorher rühre ich mich nicht von der Stelle.«

Der Vampyr grinste anerkennend. »Kluger Junge«, gluckste er. »Na schön. Ich gebe dir mein Wort darauf, das Mädchen gegen Schlänglein einzutauschen. Debbie gegen Evra. Bist du jetzt zufrieden?«

Ich schüttelte den Kopf. »Versprechen Sie mir erst, dass Sie mich gehen lassen, wenn Sie mit Debbie fertig sind. Versprechen Sie mir, mich nicht daran zu hindern, zurückzukommen und Evra zu befreien. Geben Sie mir Ihr Wort darauf, dass Sie uns auch danach in Ruhe lassen.«

Murlough lachte wieder. »Du bist wirklich ein schlaues Kerlchen. Fast so schlau wie der gute alte Murlough. In Ordnung. Ich lasse euch beide gehen. Ich hindere dich nicht daran zurückzukommen und lasse euch in Ruhe, wenn ihr frei seid.« Er hob warnend den Zeigefinger. »Aber wenn ihr jemals in diese Stadt zurückkehrt oder mir irgendwann wieder über den Weg lauft, mache ich kurzen Prozess mit euch. Das hier ist ein vorläufiger Waffenstillstand, keine lebenslange Garantie. Einverstanden?«

»Einverstanden.«

»Schön. Gehen wir?«

»Können Sie mir nicht ein paar Fesseln abnehmen?«, bat ich. »Ich kann kaum laufen.«

»*Kaum* reicht völlig«, lachte Murlough. »Ich möchte kein Risiko eingehen. Ich habe das ungute Gefühl, dass du nur darauf wartest, mich auszutricksen.« Er versetzte mir einen kräftigen Stoß in den Rücken. Ich taumelte, fand aber das Gleichgewicht wieder und setzte mühsam einen Fuß vor den anderen.

Dann drehte ich mich noch einmal nach Evra um. »Es dauert nicht lange«, versicherte ich. »Ich bin vor morgen früh wieder da, und dann gehen wir beide zurück zum Cirque du Freak, okay?«

Der Junge antwortete nicht. Er sah mich nicht einmal an.

Seufzend wandte ich mich ab und ging langsam zum Ausgang der Höhle. Murlough dirigierte mich durch das Kanalsystem und sang, während er hinter mir hertrottete, scheußliche Liedchen vor sich hin, in denen er anschaulich schilderte, was er mit Debbie alles anstellen würde, wenn er sie erst einmal in seine schmutzigen Finger bekam.

KAPITEL 24

Wir durchquerten die Gewölbe in flottem Tempo. Dabei brachte Murlough Markierungen auf den Wänden an, indem er mit seinen Fingernägeln Zeichen hineinritzte. Darauf hatte ich bestanden, und er hatte widerstrebend eingewilligt. Auf diese Weise brauchte ich auf dem Rückweg nur den Markierungen zu folgen. Das war einfacher, als sich jede einzelne Biegung oder Abzweigung einzuprägen.

Dort, wo man kriechen oder klettern musste, trug Murlough mich über der Schulter. Die körperliche Nähe zu ihm war mir zuwider, denn sein Atem stank ekelhaft nach Menschenblut, aber ich musste mich damit abfinden, da er sich standhaft weigerte, meine Arme loszubinden.

Wir kletterten durch einen Gully in der Nähe des Platzes ins Freie. Der Vampyr hievte mich hoch, stieß mich aber gleich wieder zu Boden, als ein Auto vorbeifuhr. »Wir müssen vorsichtig sein«, zischte er. »Seit sie die Leichen entdeckt haben, wimmelt es in dieser Stadt nur so von Polizisten. Sehr lästig. Muss in Zukunft besser aufpassen und die Knochen vergraben.«

Er stand auf und wischte sich den Schlamm vom Anzug, machte aber keine Anstalten, auch mich zu säubern. Missbilligend blickte er an sich hinunter. »Muss mir was Neues zum Anziehen besorgen, wenn ich zurückkom-

me«, grummelte er. »Sehr ärgerlich. Kann ja nicht denselben Schneider zweimal aufsuchen, hm?«
»Wieso nicht?«, fragte ich.
Er blickte mich mit hochgezogenen Augenbrauen an. »Würdest du dieses Gesicht hier etwa sofort wieder vergessen?«, fragte er und deutete auf seine rote Haut und die blutunterlaufenen Augen. »Wohl kaum. Deshalb muss ich jeden Schneider umbringen, der mich einkleidet. Ich würde meine Anzüge lieber stehlen, aber in den Geschäften gibt es meine Größe nicht.« Grinsend tätschelte er seine Wampe.
»Los«, befahl er dann. »Geh du voran. Es ist besser, wenn wir von hinten kommen. Da sind weniger Leute.«
Die Straßen waren menschenleer – es war die Nacht vor dem Weihnachtsmorgen, und durch den tagsüber geschmolzenen Schnee war es so glatt, dass wir aufpassen mussten, nicht hinzufallen. Niemand begegnete uns. Im Gänsemarsch trotteten wir durch den halb gefrorenen Matsch, und Murlough schubste mich jedes Mal zu Boden, wenn ein Auto vorbeifuhr. Ich hatte bald genug davon – da ich mich nicht mit den Händen abfangen konnte, fiel ich aufs Gesicht –, aber als ich mich beschwerte, lachte der Vampyr bloß.
»Das härtet ab, hm?«, sagte er. »Davon kriegst du Muskeln.«
Schließlich erreichten wir den Platz. An Debbies unbeleuchteter Hintertür blieb Murlough stehen und sah sich nervös nach allen Seiten um. Die benachbarten Häuser waren still und dunkel, aber er zögerte. Einen Moment befürchtete ich, dass er aus unserer Übereinkunft aussteigen wollte.

»Angst?«, fragte ich leise.
»Der gute alte Murlough hat niemals Angst!«, fauchte er entrüstet.
»Worauf warten Sie dann noch?«
»Du scheinst es ja kaum abwarten zu können, dass ich über deine Freundin herfalle«, erwiderte er misstrauisch.
Ich zuckte die Achseln, so gut das mit den Fesseln eben ging. »Je länger wir warten, desto elender ist mir zu Mute«, erklärte ich. »Aber ich weiß, dass es sein muss. Es gefällt mir zwar nicht, und ich fühle mich hinterher bestimmt schrecklich, aber ich möchte es so schnell wie möglich hinter mich bringen, damit ich Evra holen und uns ein warmes, ruhiges Plätzchen suchen kann. Meine Füße sind die reinsten Eisklumpen.«
»Armer kleiner Halbvampir«, schmunzelte Murlough und schnitt mit einem seiner scharfen Vampyr-Fingernägel ein rundes Loch in die Glasscheibe der Hintertür. Dann griff er hindurch, drückte von innen die Klinke herunter und schob mich vor sich her ins Haus.
In der Diele blieb er stehen und lauschte. »Wie viele Leute wohnen hier?«, erkundigte er sich.
»Drei«, erwiderte ich. »Debbie und ihre Eltern.«
»Keine Geschwister?« Ich schüttelte den Kopf. »Keine Untermieter?«
»Nur die drei«, bestätigte ich.
»Vielleicht nasche ich ja noch an einem der Erwachsenen, wenn ich mit dem Mädchen fertig bin«, brummte er.
»Das war nicht abgemacht!«, protestierte ich gedämpft.

»Na und? Ich habe nie versprochen, sie zu verschonen. Ich glaube zwar nicht, dass ich danach noch Hunger habe, aber vielleicht komme ich ja noch mal wieder und knöpfe sie mir einen nach dem anderen vor. Dann glauben bestimmt alle, dass es sich um einen Familienfluch handelt.« Er kicherte.
»Sie sind widerlich«, knurrte ich.
»Das sagst du nur, weil du mich gern hast«, grinste er. »Los, weiter«, befahl er wieder ernst. »Die Treppe hoch. Wir werfen erst einen Blick ins Elternschlafzimmer. Ich möchte sichergehen, dass sie auch wirklich schlafen.«
»Natürlich schlafen sie«, sagte ich. »Es ist mitten in der Nacht. Wenn sie noch wach wären, würden wir es hören.«
»Ich habe keine Lust, dass sie plötzlich hinter mir stehen«, meinte Murlough stur.
»Hören Sie«, seufzte ich, »wenn Sie darauf bestehen, erst nach Donna und Jesse zu sehen, bringe ich Sie zu ihrem Zimmer. Aber Sie vergeuden Ihre Zeit. Sollten wir nicht lieber so schnell wie möglich wieder von hier verschwinden?«
Der Vampyr dachte nach. »Na gut«, willigte er ein. »Aber wenn sie plötzlich auftauchen, bringt der gute alte Murlough sie um, jawoll, und das ist dann ganz allein *deine* Schuld.«
»Einverstanden«, entgegnete ich und stieg die Treppe hoch.
Das war ein schwieriges und anstrengendes Unterfangen. Ich konnte mich nicht so schnell bewegen wie sonst, da ich immer noch gefesselt war. Jedes Mal, wenn eine Stufe knarrte, zuckte ich zusammen und

blieb stehen. Auch der Vampyr war angespannt: Seine Hände fuhren nervös über das Geländer, und jedes Mal, wenn ich ein Geräusch verursachte und anhielt, zog er zischend die Luft durch die Zähne.
Vor Debbies Tür blieb ich stehen, lehnte den Kopf dagegen und seufzte bekümmert. »Hier ist es«, sagte ich.
»Aus dem Weg«, befahl Murlough barsch und schob mich beiseite. Einen Moment lang stand er da und schnüffelte, dann verzogen sich seine Lippen zu einem breiten Grinsen. »Jaaaa«, gurgelte er. »Ich rieche ihr Blut. Und ich wette, du riechst es auch, hm?«
Ich nickte.
Das Ungeheuer drückte die Klinke herunter und öffnete vorsichtig die Tür. Das Zimmer war dunkel, aber unsere Augen waren an die noch dunkleren Tunnel gewöhnt und stellten sich rasch darauf ein.
Murlough ließ den Blick durchs Zimmer schweifen und musterte die Schränke und Kommoden, die paar Poster und den ungeschmückten Weihnachtsbaum neben dem Fenster.
Debbies Gestalt war unter der Bettdecke nur zu erahnen. Sie bewegte sich unruhig, wie jemand, der schlecht träumt. Der Geruch ihres Blutes hing schwer in der Luft.
Der Vampyr machte einen Schritt auf sie zu, aber dann erinnerte er sich wieder an mich. Er band mich an der Türklinke fest, überprüfte den Knoten mit einem Ruck, brachte dann sein Gesicht dicht vor meines und grinste höhnisch.
»Hast du schon mal jemanden sterben sehen, Darren Shan?«, fragte er.

»Ja«, erwiderte ich.
»Ist es nicht herrlich?«
»Nein«, entgegnete ich offen. »Es ist furchtbar.«
Er seufzte. »Anscheinend kannst du die Schönheit, die darin liegt, nicht erkennen. Mach dir nichts draus. Du bist ja noch jung. Du lernst es schon noch.« Er umfasste mein Kinn mit seinen tiefroten Fingern und drückte es. »Ich will, dass du zusiehst«, zischte er. »Du sollst zusehen, wie ich ihr die Kehle aufschlitze. Wie ich sie leer sauge. Wie ich ihre Seele stehle und sie mir zu Eigen mache.«
Ich versuchte, den Kopf wegzudrehen, aber er umklammerte mein Kinn noch fester und zwang mich, ihn anzusehen. »Wenn du dich weigerst«, zischte er, »gehe ich danach ins Elternschlafzimmer und bringe die beiden auch noch um. Kapiert?«
»Sie sind ein Ungeheuer«, keuchte ich.
»Kapiert?«, wiederholte er drohend.
»Ja«, sagte ich und befreite mein Kinn mit einem Ruck. »Ich sehe zu.«
»Guter Junge«, lachte er leise. »Kluger Junge. Man kann nie wissen – vielleicht findest du ja Gefallen daran. Vielleicht wird es dein Durchbruch. Vielleicht willst du ja sogar bei mir bleiben, wenn ich hier fertig bin. Wie wär's damit, Darren Shan? Du lässt den langweiligen ollen Vampir laufen und wirst Gehilfe beim guten alten Murlough, hm?«
»Nun machen Sie schon«, sagte ich, ohne zu versuchen, meinen Abscheu zu verbergen.
Murlough durchquerte langsam und lautlos das Zimmer, holte währenddessen seine beiden Messer heraus und wirbelte sie wie zwei Trommelstöcke durch die

Luft. Dabei pfiff er vor sich hin, aber so leise, dass nur das geschulteste Ohr einen Ton vernahm.

Immer noch bewegte sich die schlafende Gestalt unruhig unter der Bettdecke.

Mein Magen zog sich zusammen, als ich beobachtete, wie der Vampyr seinem Opfer immer näher kam. Auch ohne den Befehl, ihm zuzusehen, hätte ich die Augen nicht von dem Geschehen abwenden können. Es war ein schrecklicher, aber faszinierender Anblick, der mich an eine Spinne erinnerte, die eine Fliege erbeutet. Nur dass *diese* Spinne mit zwei Messern bewaffnet war, sich von Menschen ernährte und ihr Netz sich unter einer ganzen Stadt erstreckte.

Murlough näherte sich Debbies Bett von der Türseite her und blieb etwa einen halben Meter davor stehen. Dann zog er etwas aus seiner Anzugtasche. Ich blinzelte angestrengt und erkannte ein Säckchen. Er öffnete es, entnahm ihm eine Substanz, die aussah wie Salz, und streute sie auf den Fußboden. Ich hätte nur zu gern gefragt, wozu das gut war, aber ich wagte nicht zu sprechen. Ich nahm an, dass es sich um ein besonderes Ritual handelte, das Vampyre durchführten, wenn sie jemanden in dessen eigenen vier Wänden töteten. Mr. Crepsley hatte ja gesagt, dass Vampyre großen Wert auf Rituale legten.

Murlough umschritt das Bett, verstreute sein »Salz« und murmelte dabei Worte, die für mich keinen Sinn ergaben. Als er einmal herum war, trat er ans Fußende, warf mir einen prüfenden Blick zu, um sicherzugehen, dass ich auch hinsah, und dann, mit einer einzigen, eleganten Bewegung – so schnell, dass ich ihm kaum mit den Augen folgen konnte –, landete er breitbeinig über der schlafenden Gestalt, riss die Decke zurück und holte mit beiden Messern zugleich zum tödlichen Hieb aus, der Debbies Kehle aufschlitzen und ihrem Leben ein Ende bereiten würde.

KAPITEL 25

Die Klingen sausten durch die Luft auf die Stelle nieder, an der sich Debbies Hals hätte befinden müssen, und gruben sich tief in die weichen Polster von Kissen und Matratze.

Aber nicht in Debbies Kehle.

Denn da war keine Debbie.

Murlough starrte ungläubig auf das Geschöpf, das an das Bettgestell gefesselt war und dessen Hufe und Maul so fest zusammengebunden waren wie meine Arme.

»Das ist ja eine ...« Sein Unterkiefer bebte. Er brachte das Wort nicht über die Lippen.

»... eine *Ziege*«, beendete ich seinen Satz mit grimmigem Lächeln.

Murlough drehte sich langsam nach mir um. Auf seinem Gesicht malte sich grenzenlose Verwirrung. »Aber ... aber ... aber ...«

Während er noch vor sich hin stammelte und zu begreifen versuchte, was geschehen war, öffnete sich eine Schranktür, und Mr. Crepsley trat heraus.

Der Vampir mit seinen blutroten Kleidern, dem orangefarbenen Haarschopf und der hässlichen Narbe sah noch unheimlicher aus als sein grausamer Verwandter, der Vampyr.

Als Murloughs Blick auf Mr. Crepsley fiel, erstarrte er.

Die roten Augen quollen ihm fast aus dem Kopf, und seine dunkelrote Haut wurde ein paar Schattierungen heller, als das Blut aus seinen Wangen wich.
In den Filmen, die ich immer so gern gesehen hatte, wäre es jetzt zu einem langen, spannenden Zweikampf gekommen. Ich nahm an, die beiden Gegner würden zuerst ein paar Beschimpfungen austauschen, dann würde mein Lehrer ein Messer oder ein Schwert ziehen, und sie würden miteinander fechten, sich gegenseitig durchs Zimmer jagen und sich dabei erst leichte und dann immer schwerere Verwundungen zufügen.
Aber es war ganz anders. Dies hier war ein Kampf zwischen zwei superschnellen Geschöpfen der Nacht, die einzig und allein darauf aus waren, den Gegner zu töten, und sich dabei keinen Deut um ein nach Action lechzendes Publikum scherten. Insgesamt führten sie nur vier Bewegungen aus, die kaum zwei Sekunden dauerten.
Mr. Crepsley griff als Erster an. Seine rechte Hand schoss vor und schleuderte ein kurzes Messer durch die Luft. Es traf Murlough in die linke Seite der Brust und verfehlte sein Ziel – das Herz – nur um wenige Zentimeter. Der Vampyr wich zurück und holte Luft, um zu schreien.
Während Murloughs Mund noch offen stand, sprang Mr. Crepsley auf ihn los. Mit einem einzigen, gewaltigen Satz stand er neben dem Bett, direkt vor dem Vampyr.
Das war die zweite Bewegung.
Die dritte machte Murlough – und es war seine erste und letzte. Voller Panik holte er mit dem Messer in sei-

ner Linken nach Mr. Crepsley aus. Die Klinge zischte mit atemberaubender Geschwindigkeit durch die Luft und hätte dem Vampir den Garaus gemacht – wenn sie getroffen hätte. Aber sie sauste gute sechs Zentimeter über seinem Kopf ins Leere.
Murloughs linker Arm wurde von dem Schwung mitgerissen, und er gab sich unwillkürlich eine Blöße, die mein Lehrer sofort ausnutzte. Mit der unbewaffneten Rechten versetzte er dem Vampyr den Todesstoß. Er machte die Finger mit den stahlharten Nägeln steif und bohrte sie Murlough wie fünf Rasierklingen in den Wanst.
Und zwar im wahrsten Sinne des Wortes: *in* den Wanst!
Der Attackierte schnappte erst geräuschvoll nach Luft, dann wurde er ganz still. Mr. Crepsleys Hand steckte bis zum Ellenbogen im Bauch des Vampyrs.
Einen Augenblick verharrte Mr. Crepsley in dieser Stellung, dann riss er die Hand mit einem Ruck zurück und förderte dabei Gedärme und einen Strom dunklen Blutes zu Tage.
Murlough ächzte, ging in die Knie und zerquetschte dabei fast die Ziege, dann kippte er nach hinten, rollte rücklings über den Boden und versuchte, das Loch in seinem Wanst zu verschließen, indem er seine Handflächen anleckte und sie auf die Wunde presste.
Aber das Loch war zu groß. Die Heilkraft des Speichels versagte. Er konnte nichts dagegen tun, dass sein kostbarer Lebenssaft stoßweise aus ihm herausfloss. Er war erledigt.
Mr. Crepsley wich einen Schritt von dem sterbenden Vampyr zurück und wischte sich die Hand am Bett-

laken ab. Sein Gesichtsausdruck war undurchdringlich. Er schien weder erfreut noch bekümmert über das, was er getan hatte.

Nach einigen Sekunden merkte auch Murlough, dass seine Lage hoffnungslos war. Er rollte sich auf den Bauch, heftete den Blick fest auf mich und begann mit vor Schmerz zusammengebissenen Zähnen auf mich zuzurobben.

»Mr. Crepsley?«, fragte ich mit zitternder Stimme.

Der Angesprochene musterte den Vampyr prüfend und schüttelte den Kopf. »Keine Angst. Er kann dir nichts mehr tun.« Aber um mich zu beruhigen, kam er zu mir herüber und stellte sich abwehrbereit neben mich.

Die wenigen Meter waren ein langer, qualvoller Weg für den Vampyr. Beinahe hätte er mir Leid getan, aber dann rief ich mir in Erinnerung, wie er Evra aufgehängt hatte und was er Debbie hatte antun wollen, und fand, dass er kein besseres Los verdient hatte.

Mehr als einmal musste er erschöpft innehalten, und ich dachte schon, er würde auf halber Strecke sein Leben aushauchen, aber er war wild entschlossen, mir seine letzten Worte vorzubringen, und kämpfte sich tapfer voran, obwohl auch ihm klar sein musste, dass er damit seinen Tod nur beschleunigte.

Vor meinen Füßen brach er zusammen und fiel schwer atmend mit dem Gesicht auf den Teppich. Ein Blutstrom schoss aus seinem Mund, und ich wusste, dass er nicht mehr lange zu leben hatte. Er hob einen zitternden Zeigefinger, krümmte ihn und bedeutete mir, mich zu ihm hinunterzubeugen.

Fragend blickte ich Mr. Crepsley an.

Der Vampir zuckte die Achseln. »Jetzt ist er ungefährlich. Tu, was du willst.«
Ich wollte wissen, was der sterbende Vampyr mir zu sagen hatte. Ich bückte mich und hielt mein Ohr an seinen Mund. Ihm blieben nur noch Sekunden.
Seine roten Augen rollten haltlos in ihren Höhlen hin und her. Aber dann fixierte er mich mit einer gewaltigen Kraftanstrengung, und seine Lippen verzogen sich zu einem letzten Grinsen. Er hob den Kopf, so hoch er konnte, und flüsterte etwas Unverständliches.
»Ich habe Sie nicht verstanden«, sagte ich. »Sie müssen lauter sprechen.« Ich brachte mein Ohr noch näher an seinen Mund.
Murlough leckte sich die Lippen und spuckte ein bisschen Blut, bevor er wieder Luft holen konnte. Dann brachte er mit dem letzten Atemzug die Worte heraus, die ihm so wichtig zu sein schienen. »Klu-klu-kluger Ju-Ju-Ju-Junge, hm?«, gurgelte er, lächelte ausdruckslos und fiel wieder aufs Gesicht.
Er war tot.

KAPITEL 26

Wir stopften Murloughs Leiche in einen großen schwarzen Müllsack. Später würden wir ihn in seine geliebte Kanalisation hinunterbringen. Das war zweifellos der würdigste Ort für seine Bestattung.

Auch die Ziege wurde in einen Müllsack gesteckt, in den wir allerdings vorher ein paar Luftlöcher bohrten. Ich hatte sie aus dem Streichelzoo des Städtischen Zoologischen Gartens gestohlen, und wir hatten eigentlich fest damit gerechnet, dass sie Murloughs Angriff nicht überleben würde.

Mr. Crepsley wollte sie mit zurück zum Cirque du Freak nehmen, wo sie einen netten Imbiss für Evras Schlange oder die Kleinen Leute abgegeben hätte, aber ich überredete ihn, sie freizulassen.

Dann machten wir uns daran, die Schweinerei aufzuwischen. Murlough hatte eine Menge Blut verloren. Wir wollten nicht, dass die Schierlings die Bescherung entdeckten und anfingen, Fragen zu stellen. Wir arbeiteten, so schnell wir konnten, aber es dauerte trotzdem ein paar Stunden.

Als wir fertig waren, stiegen wir auf den Dachboden, schleppten Jesse, Donna und Debbie, die fest schliefen, die Treppe hinunter und legten sie wieder in ihre Betten.

Alles war wie geplant verlaufen. Der Wein, den ich

zum Essen mitgebracht hatte? Als ich allein in der Küche war, hatte ich ein Schlafmittel hineingeschüttet, eine von Mr. Crepsleys Spezialmixturen, ein farbloses Gebräu, das den Trinkenden innerhalb von zehn Minuten außer Gefecht setzte. Die Schierlings würden noch ein paar Stunden weiterschlummern und mit einem Brummschädel erwachen – abgesehen davon hatte das Mittel keinerlei schädliche Nebenwirkungen.
Ich musste lächeln, als ich mir vorstellte, wie sie vollständig bekleidet in ihren Betten aufwachen würden, ohne die geringste Ahnung, wie sie dort hingekommen waren. Dieses Rätsel würden sie wohl niemals lösen.
Der Plan war keineswegs wasserdicht gewesen. Vieles hätte schief gehen können. Angefangen damit, dass es keine Garantie gab, dass Murlough mich nach meinem »Streit« mit Mr. Crepsley und meinem wütenden Davonstürmen auch wirklich finden und wenn ja, nicht auf der Stelle umbringen würde.
Er hätte mich zum Beispiel nach meiner Gefangennahme sofort knebeln können. Dann hätte ich ihn nicht überreden können, mich am Leben zu lassen. Oder er hätte meine Warnung vor dem Obervampiren in den Wind schlagen können – sie war zwar begründet, aber Murlough war schließlich verrückt. Niemand konnte die Reaktionen eines durchgedrehten Vampyrs vorhersehen. Er hätte einfach über meine Drohung lachen und mir die Kehle aufschlitzen können.
Ihn zu überreden, Evra gegen Debbie einzutauschen, war der schwierigste Teil der ganzen Angelegenheit gewesen. Um das zu erreichen, hatte ich überzeugend

schauspielern müssen. Wäre ich gleich mit meinem Angebot herausgeplatzt, hätte Murlough vielleicht Verdacht geschöpft und wäre nicht in die Falle getappt. Bei vollem Verstand wäre er bestimmt nicht darauf eingegangen, ganz egal, wie überzeugend ich wirkte. In diesem Fall hatte sich sein wirrer Zustand zu unserem Vorteil ausgewirkt.

Und auch danach war es noch keineswegs sicher gewesen, dass es Mr. Crepsley gelingen würde, ihn zu töten. Genauso gut hätte er selbst dabei draufgehen können. Dann wären sechs Personen auf einmal ums Leben gekommen: Mr. Crepsley, Evra und ich sowie Debbie, Donna und Jesse.

Es war eine gefährliche Gratwanderung gewesen, die den Schierlings gegenüber ziemlich unfair war, denn sie wussten schließlich nicht, welche Rolle wir ihnen in unserem Plan zugedacht hatten. Aber manchmal muss man einfach etwas riskieren. War es klug gewesen, fünf Leben für ein einziges aufs Spiel zu setzen? Wahrscheinlich nicht. Aber es war *menschlich*. Eines hatte ich aus der Begegnung mit dem übergeschnappten Vampyr gelernt: Sogar die Untoten handelten bisweilen menschlich. Uns blieb auch gar nichts anderes übrig, denn ohne eine Spur Menschlichkeit waren wir nicht besser als Murlough: blutrünstige Ausgeburten der Dunkelheit.

Fürsorglich stopfte ich die frisch bezogene Bettdecke um Debbie fest. An ihrem linken Fußknöchel war eine kleine Narbe, aus der Mr. Crepsley zuvor etwas Blut entnommen hatte. Mit dem Blut hatte er die Ziege eingeschmiert, um Murloughs Geruchssinn zu täuschen.

Ich sah zu dem Vampir auf. »Sie haben mir heute Nacht sehr geholfen«, sagte ich leise. »Vielen Dank.«
Mr. Crepsley lächelte. »Ich habe nur getan, was ich tun musste. Es war *dein* Plan. *Ich* müsste mich bei *dir* bedanken, wäre da nicht der Umstand, dass du mir in die Quere gekommen bist, als ich Murlough schon im Visier hatte. Ich finde, damit sind wir jetzt quitt, und keiner von uns braucht sich beim anderen zu bedanken.«
»Was passiert, wenn die anderen Vampyre herausfinden, dass wir Murlough getötet haben?«, fragte ich. »Machen sie dann Jagd auf uns?«
Mr. Crepsley seufzte. »Wenn wir Glück haben, finden sie die Leiche nicht. Falls doch, sind sie hoffentlich nicht in der Lage, die Spur bis zu uns zurückzuverfolgen.«
»Und wenn doch?« Ich ließ nicht locker.
»Dann werden sie uns bis ans Ende der Welt hetzen«, erwiderte Mr. Crepsley. »Und uns töten. Gegen sie haben wir keine Chance. Sie werden zu Dutzenden unsere Spur aufnehmen, und die Obervampire werden uns nicht beistehen.«
»Oh«, sagte ich. »Ich hätte lieber nicht fragen sollen.«
»Hätte ich dich anlügen sollen?«
Ich schüttelte den Kopf. »Nein. Keine Lügen mehr.« Dann lächelte ich wieder. »Aber ich glaube, es ist besser, wenn wir Evra nichts davon erzählen. Was er nicht weiß, macht ihn nicht heiß. Außerdem ist er ohnehin schon furchtbar wütend auf mich. Er hat tatsächlich geglaubt, ich würde Debbies Leben für seines opfern. Er ist stinksauer.«
»Er wird sich wieder beruhigen, wenn wir ihm alles

erklären«, meinte Mr. Crepsley tröstend. »Wie sieht's aus – sollen wir gehen und ihn holen?«
Zögernd warf ich einen Blick auf Debbie. »Kann ich noch ein paar Minuten mit ihr allein sein?«, fragte ich.
»Selbstverständlich«, sagte Mr. Crepsley. »Aber mach nicht zu lange: Es wird bald Morgen, und ich möchte nicht noch einen Tag in diesen trostlosen Katakomben zubringen. Ich warte unten.« Er verließ das Zimmer.
Ich sah auf die Uhr. Es war fast vier Uhr morgens. Das bedeutete, dass der fünfundzwanzigste Dezember angebrochen war – der Weihnachtstag.
Ich beeilte mich. Ich stellte den kahlen Weihnachtsbaum neben Debbies Bett, öffnete die Schachtel mit dem Schmuck und behängte die Zweige mit glitzernden Kugeln, kleinen Figürchen, Lametta und winzigen Glühbirnen. Als ich fertig war, drehte ich Debbie auf die Seite, so dass ihr Gesicht auf den Baum gerichtet war. Er würde das Erste sein, was sie sah, wenn sie am Morgen die Augen aufschlug.
Es tat mir Leid, dass ich gehen musste, ohne mich verabschieden zu können, aber ich hoffte, dass meine Überraschung sie ein wenig darüber hinwegtrösten würde. Es war sehr unwahrscheinlich, dass wir uns noch einmal wieder sehen würden. Ich war in Versuchung, nach einem Fotoapparat zu stöbern und ein letztes Bild von ihr zu knipsen, aber das war unnötig – ich würde mich mein Leben lang an ihren Anblick erinnern. Sie würde sich in die Galerie mit den Gesichtern meiner Eltern, meiner Schwester und dem von Sam einfügen – alles geliebte Menschen, die ich niemals vergessen konnte.
Ich beugte mich über sie, küsste sie auf die Stirn und

strich ihr eine zerzauste Locke aus dem Gesicht. »Frohe Weihnachten, Debbie«, flüsterte ich. Dann riss ich mich los und machte mich auf den Weg zu Evra.

UND SO GEHT'S WEITER

Und so geht's weiter
im vierten Buch des mysteriösen

Darren Shan

Der Bär hatte es zweifellos darauf abgesehen, mich zu töten, und das wäre ihm auch gelungen, wenn das Wolfsjunge sich nicht todesmutig vom Baum heruntergestürzt hätte. Es landete direkt auf seinem Kopf und raubte ihm für einen Augenblick die Sicht.

Der Bär brüllte wütend und schlug mit seiner gewaltigen Tatze nach ihm. Der Welpe biss ihm ins Ohr, woraufhin das riesige Tier abermals laut brüllte, diesmal jedoch vor Schmerz. Dann schüttelte er wie rasend den Kopf hin und her, und das Wolfsjunge flog in hohem Bogen ins Gebüsch.

Kaum war er den kleinen Wolf los, widmete sich der Bär erneut seinem Angriff auf mich, aber ich hatte die Sekunden, die mir der Welpe verschafft hatte, genutzt, war hinter dem Baum in Deckung gegangen und rannte jetzt, so schnell ich konnte, auf die Höhle zu. Der Bär trottete hinter mir her, erkannte jedoch sogleich, dass ich viel zu schnell für ihn war, grollte wütend und wandte sich abermals dem Wolfsjungen zu.

Als ich das ängstliche Jaulen des Welpen vernahm, blieb ich sofort stehen. Mit einem Blick nach hinten vergewisserte ich mich, dass der Wolf es abermals in die Krone des Baumes hinauf geschafft hatte, dessen Rinde der Bär jetzt in dem vergeblichen Versuch, ihn

zu erreichen, mit wütenden Klauenhieben zerfetzte. Obwohl das Jungtier nicht in unmittelbarer Gefahr war, wusste ich, dass es früher oder später abrutschen oder von dem riesigen Raubtier heruntergeschüttelt würde, und das wäre sein Ende gewesen.
Ich überlegte keine Sekunde, ob ich weiter in Richtung der Sicherheit bietenden Höhle laufen oder mein Leben für das Wölfchen aufs Spiel setzen sollte, drehte mich um, griff nach einem Stein und dem dicksten Ast, den ich auf die Schnelle finden konnte, und rannte zurück.
Als er mich kommen sah, ließ der Bär vom Baum ab und bereitete sich auf meinen Angriff vor. Es war ein kräftiges Biest, mindestens anderthalb Meter hoch, mit schwarzem Fell, einem helleren Gesicht und einer weißen Zeichnung wie einen Viertelmond quer über dem dunklen Brustfell. Schaum troff dem Ungeheuer aus dem Maul, und seine Augen funkelten so wild, als wäre es völlig wahnsinnig geworden. Vielleicht hatte es Tollwut!
Mehrere Meter vor dem wilden Tier blieb ich stehen und schlug mit dem Ast kräftig auf den Boden. Der Bär knurrte und kam näher.
Ich warf einen kurzen Blick zu dem Welpen in der Baumkrone hinauf, weil ich hoffte, er sei schlau genug, herabzurutschen und sich so schnell wie möglich in seine Höhle zu trollen, aber der kleine Wolf blieb ängstlich dort, wo er war.
Der Bär langte mit einer seiner mächtigen Tatzen nach mir, doch ich konnte dem Hieb leicht ausweichen. Daraufhin richtete er sich auf den Hinterbeinen auf und ließ sich in meine Richtung fallen, in der

Hoffnung, mich unter seinem enormen Gewicht zu begraben. Wieder entkam ich dem Biest, aber diesmal war es ziemlich knapp. Ich wusste genau, dass er mich früher oder später erwischen würde, und dann war es aus.

Ich fuchtelte mit dem Astende vor seinem Gesicht herum, zielte auf die Augen, und auf einmal tauchten die beiden Wölfinnen wie aus dem Nichts auf und stürzten sich todesmutig auf den Bären. Sie mussten das Jaulen des Jungen gehört haben.

Der Attackierte brüllte vor Schmerz auf, als eine der Wölfinnen ihre Zähne tief in seine Schulter grub, während die andere sich über seine Hinterbeine hermachte und mit Zähnen und Klauen an ihnen riss. Der Bär schüttelte den einen Angreifer ab und beugte sich vor, um sich den zweiten vorzuknöpfen. In diesem Augenblick schlug ich mit dem Stock zu und erwischte ihn am linken Ohr.

Das muss dem Vieh ordentlich wehgetan haben, denn es verlor sofort jegliches Interesse an den Wölfen und warf sich wieder auf mich. Ich duckte mich unter seinem massigen Körper weg, doch eine seiner kräftigen Vorderpfoten krachte gegen meinen Schädel, und ich fiel benommen zu Boden.

Der Bär ließ sich auf alle viere nieder und kam auf mich zu, wobei er die Wölfe mit fast beiläufigen Hieben nach links und rechts ins Gebüsch schleuderte. Ich krabbelte rückwärts, aber nicht schnell genug. Mit einem Mal war er über mir. Die Zeichnung auf seiner Brust erinnerte mich auf seltsame Weise an den Mond, der bleich über uns am Himmel stand.

Erneut stellte sich das Untier auf die Hinterbeine und

ließ ein triumphierendes Gebrüll ertönen. Endlich hatte er mich genau dort, wo er mich haben wollte. Voller Verzweiflung rammte ich ihm den Ast in den Magen und warf den Stein nach ihm, aber der Bär machte sich nicht viel aus diesen lächerlichen Attacken. Boshaft grinsend ließ er sich zu mir herunter …
… und genau in diesem Augenblick prallten die Kleinen Leute gegen seinen Rücken und brachten ihn aus dem Gleichgewicht. Sie mussten den Wölfen gefolgt sein, und was mich betraf, hätten sie keinen Augenblick später eintreffen dürfen.
Der Bär muss gedacht haben, die ganze Welt habe sich gegen ihn verschworen. Jedes Mal, wenn er mich im Visier hatte, kam ihm etwas dazwischen. Er brüllte die Kleinen Leute wie rasend an und schlug wild nach ihnen. Der mit dem Hinkebein wich ihm aus, doch der andere kam unter dem wütenden Tier zu Fall.
Der Kleine Kerl hob die kurzen Arme und stemmte sie gegen den Oberkörper des Bären, um ihn zur Seite zu schieben. Er war stark, und einen Augenblick lang dachte ich sogar, er würde es schaffen. Aber nicht einmal ein Vampir hätte gegen einen derartig gewaltigen Feind eine Chance gehabt, und das Ungetüm krachte auf den Kleinen Kerl nieder und zermalmte ihn.
Ein grässliches, knackendes Geräusch war zu hören, und als der Bär wieder auf die Beine kam, sah ich, dass der Kleine Kerl völlig zerquetscht war, eine blutige Masse, aus der überall Knochensplitter herausragten – er sah aus wie ein zermatschtes Stachelschwein.
Das riesige Tier hob den Kopf und brüllte den Nacht-

himmel zornig an. Dann richtete es sein hungriges Auge auf mich, ließ sich wieder auf alle viere fallen und ging zum Angriff über …

Darren Shan – dieser Junge ist irgendwie anders als die anderen ...

Darren Shan hatte nie an Vampire geglaubt –
bis der geheimnisvolle Cirque du Freak
in seine Stadt kam.
Lies, wie Darrens Abenteuer angefangen haben, in

Darren Shan
und der Mitternachtszirkus.

Es ist nicht leicht, anders zu sein als die anderen.
Und schon gar nicht, wenn man höllischen
Durst hat – aber mit ein bisschen Hilfe von
neugewonnenen Freunden lässt es sich schon
aushalten.
Lies, wie Darren Shan sich an sein neues Leben
gewöhnen muss, in

Darren Shan
und die Freunde der Nacht.

Weitere Bände sind in Vorbereitung!

Verlag der Vampire

William Sutcliffe
Meine Freundin, der Guru und ich

Sie versucht, sich selbst zu finden –
und er will nur mit ihr ins Bett …

Dave hat noch ein ganzes Jahr, bevor er sich an der Uni einschreiben muss. Was tun mit der Zeit? Eigentlich würde er gerne zu Hause bleiben und der schönen Liz näher kommen – aber Liz will als Rucksack-Reisende nach Indien. Auch gut, denkt sich Dave und findet sich bereits kurze Zeit später im hässlichsten Hotel von Delhi wieder. In einem Einzelbett. Alleine! Und als ob das nicht schon schlimm genug wäre, stößt er auch noch auf eine Horde durchgeknallter Karma-Freaks …

»Ein wunderbar witziges Buch!«
Daily Telegraph

Knaur Lemon

Thomas Görden
Schattenwölfe

Roman

Die junge engagierte Biologin Chris betreut ein Wolfsrudel in einem Wildpark in der Eifel. Plötzlich geschieht etwas Unglaubliches: Die vertraute Umwelt wandelt sich auf bedrohliche Weise, die zahmen Tiere werden zur blutrünstigen Meute. Da bringt der großangelegte Freilandversuch eines bekannten Pharma-Unternehmens die verzweifelte Chris auf eine Spur, deren Verfolgung sie das Leben kosten könnte ...

Ein hochspannender Mystery-Thriller
über ein brisantes Thema.